Autor _ [Stanislas de Rhodes]
Título _ Autobiografia de uma pulga

Copyright	Hedra 2010
Tradução©	Francisco Innocêncio
Título original	*Autobiography of a Flea*
Série Erótica	Bruno Costa (coordenação) Alexandre B. de Souza, Fábio Mantegari, Iuri Pereira, Jorge Sallum
Dados	

Dados Internacionais de Catalogação na Publicação (CIP)

R592 Rodhes, Stanislas de (Londres?, 1857–id?, 1932)
Autobiografia de uma pulga. / Stanilas de Rodhes. Organização e tradução de Francisco Innocêncio. – São Paulo: Hedra, 2010. 230 p.

ISBN 978-85-7715-160-8

1. Literatura Inglesa. 2. Romance.
3. Literatura Libertina Vitoriana. 4. 1.Reino Unido. 5. Período Vitoriano. 6. Literatura Erótica. I. Título. II. Innocêncio, Francisco, Tradutor. III. Innocêncio, Francisco, Organizador.

CDU 820
CDD 823

Elaborado por Wanda Lucia Schmidt CRB-8-1922

Direitos reservados em língua
portuguesa somente para o Brasil

EDITORA HEDRA LTDA.

Endereço	R. Fradique Coutinho, 1139 (subsolo) 05416-011 São Paulo SP Brasil
Telefone/Fax	+55 11 3097 8304
E-mail	editora@hedra.com.br
Site	www.hedra.com.br

Foi feito o depósito legal.

Autor _ [Stanislas de Rhodes]
Título _ Autobiografia de uma pulga
Organização e tradução _ Francisco Innocêncio
Série _ Erótica
São Paulo _ 2010

hedra

Stanislas de Rhodes (Londres?, 1857–*id.*?, 1932) foi advogado e autor de romances eróticos londrino. Como advogado, teve uma carreira longeva: admitido à ordem em 1881, exerceu a profissão até cerca de dois anos antes de sua morte. Suas obras frequentemente retratam mulheres dominadoras ou que assumem uma postura ativamente libertina. Como seus livros foram publicados anonimamente, nem sempre sua autoria permaneceu isenta de questionamentos. Além de *Autobiografia de uma pulga*, foram atribuídos a ele também as obras *Gynecocracy*, *Yellow Room* e *The Petticoat Dominant*.

Autobiografia de uma pulga foi publicado em Londres, no ano de 1885, provavelmente pelo célebre pornógrafo Charles Carrington. Escrito anonimamente por "um certo advogado inglês, bem conhecido em Londres", várias foram as hipóteses quanto à identidade de seu autor, porém o mais provável dos nomes levantados teria sido o de Stanislas de Rhodes. Por suas peculiaridades e pela originalidade de sua narrativa, este romance ocupa uma posição ímpar em meio ao grande volume das obras que constituem a literatura libertina vitoriana. Narrado em primeira pessoa por uma pulga, que por seu íntimo contato com a pele humana consegue testemunhar atos praticados no mais absoluto segredo, a obra vincula-se a uma tradição erótica que remonta a Apuleio e Luciano de Samósata, a de descrever a sexualidade humana sob o ponto de vista de animais ou seres inanimados. Obra essencialmente anticlerical, pois trata, com ironia e sarcasmo, de temas como a corrupção de menores por sacerdotes católicos e a violação dos segredos de confessionário, *Autobiografia de uma pulga* elenca uma grande variedade de práticas sexuais consideradas tabu pela rígida sociedade vitoriana, como o adultério, a sodomia, o homossexualismo e o incesto. Tais características conferiram grande popularidade ao romance, que teve várias reedições, ao menos três continuações apócrifas e acabou por se tornar um clássico da literatura libertina.

Francisco Innocêncio é tradutor e mestre em Letras pela Universidade Federal do Paraná (UFPR). Traduziu *Educação de um bandido*, de Edward Bunker (Barracuda, 2005), *Perto de casa*, de Peter Robinson (Record, 2005), *Espinheiro*, de Ross Thomas (Record, 2006), *O Rei das Mentiras*, John Hart (Record, 2008), entre outros títulos. Para a coleção de bolso Hedra, traduziu *Teleny, ou o reverso da medalha*, romance erótico atribuído a Oscar Wilde. Atualmente, dedica-se ao estudo do mito literário de Fausto e sua presença na obra do poeta romântico brasileiro Álvares de Azevedo.

Série Erótica dedica-se à consolidação de um catálogo de literatura erótica e pornográfica em língua portuguesa, ainda pouco editada e conhecida pelo público brasileiro. Reúne memórias, relatos, poesia e prosa em seus mais variados gêneros e vertentes, constituindo um vasto panorama da literatura erótica mundial.

SUMÁRIO

Introdução, por Francisco Innocêncio 9

AUTOBIOGRAFIA DE UMA PULGA — 27

I 29
II 47
III 68
IV 79
V 93
VI 109
VII 114
VIII 132
IX 144
X 160
XI 180
XII 198

INTRODUÇÃO

Autobiografia de uma pulga foi escrito na Inglaterra, durante o longo período em que a rainha Vitória ocupou o trono, período em que o reino se tornou, graças principalmente à implantação do sistema colonialista em países da Ásia e da África, uma grande potência econômica e militar. A despeito de seu cosmopolitismo, porém, o Reino Unido, durante todo o século XIX, destacou-se pela adoção de um código moral extremamente rígido, que procurava banir até mesmo de conversas informais qualquer menção que pudesse ser considerada, ainda que vagamente, "imprópria". Que dirá de textos escritos.

O exemplo mais significativo dessa tendência vitoriana a "sanear" as obras literárias de quaisquer referências capazes de ferir a sensibilidade britânica provavelmente foi o do dr. Thomas Bowdler, um próspero médico de classe média que, em 1818, publicou sua versão para as peças de Shakespeare intitulada *The Family Shakespeare* [O Shakespeare da família]. Seu trabalho consistiu em "depurar" a obra do dramaturgo elisabetano, suprimindo todas as partes que pudessem soar ofensivas, de forma que fosse possível "lê-las em voz alta diante de suas filhas em total segurança". O Shakespeare assexuado e contido de Bowdler fez tamanho sucesso que a língua inglesa incorporou o verbo *bowdlerize*, que significa editar um texto de forma a suprimir ou modificar passagens tidas como "indelicadas".

Essa forma vitoriana de censura por pouco não vitimou até mesmo as Sagradas Escrituras. Walter Kendrick afirma que alguns censores da época consideraram a possibilidade de submeter o texto bíblico a tratamento semelhante, obliterando aquelas descrições sexualmente mais explícitas que faziam a alegria dos colegiais.[1] Ao menos é o que conta Walter, pseudônimo usado pelo autor vitoriano de um conhecido livro de memórias pornográficas intitulado *My Secret Life* [Minha vida secreta]. Walter narra que ele e seus companheiros de escola costumavam

> folhear a Bíblia e ler com atenção todas as passagens carnais; provavelmente nenhum livro jamais nos proporcionou diversão tão duradoura, devotada e libidinosa; não entendíamos muita coisa, mas imaginávamos muito.

A possibilidade de que a imaginação juvenil pudesse ser fertilizada por qualquer adubo capaz de lhe fazer brotar precocemente a libido era uma preocupação sempre presente aos educadores da época. Kendrick denomina esse ideal vitoriano da mocidade, cujos olhos jamais se depararam com as escabrosidades presentes, por exemplo, em Aretino ou Bocaccio, como "A Jovem". O termo se deve a Georgiana Podsnap, personagem do romance *Nosso amigo comum*, de Charles Dickens, descrita como uma garota extremamente tímida, ingênua e crédula; paradigmática, portanto, da imagem de juventude inocente e pura defendida pelos moralistas da época. Não se deve supor, no entanto, que tal ideal se aplicaria apenas a jovens do sexo feminino. Kendrick explica que, embora empregue o

---

[1] Walter Kendrick. *The Secret Museum: Pornography in Modern Culture*. Los Angeles: University of California Press, 1996, pp. 67–94.

termo no gênero feminino – porque assim o faz Dickens –, também dos rapazes se esperava que se mantivessem imunes à malícia do mundo adulto e que os impulsos despertados por sua sexualidade florescente fossem refreados ao máximo.[2]

UMA PULGA ATRÁS DAS ORELHAS VITORIANAS

Mas se meras sugestões sexuais eram vedadas com tanto cuidado pelo zelo vitoriano, publicações de cunho francamente erótico eram tratadas como caso de polícia. O principal dispositivo de repressão ao erotismo e à pornografia na Inglaterra do século XIX foi a Society for the Suppression of Vice [Sociedade para a Erradicação do Vício]. Fundada em 1802, esta instituição surgiu em resposta à propagação dos ideais jacobinistas, que após a Revolução Francesa começara a ganhar adeptos também na Inglaterra. Seu primeiro intento, portanto, era não apenas conter a disseminação do material libertino inicialmente importado da França, mas também e principalmente combater posições ateístas, inconformistas, republicanas e potencialmente revolucionárias. Basta dizer que um de seus alvos políticos mais famosos foi Robert Carlile, ativista pelo sufrágio universal e pela liberdade de imprensa no

---

[2]Embora, a rigor, esse período da história da Inglaterra tenha se encerrado com a morte da rainha Vitória, em 1901, o código moral por ele imposto estendeu sua influência ao longo de boa parte do século XX, podendo-se ouvir seus ecos até mesmo no alvorecer da chamada "revolução sexual" iniciada na década de 1960. Esse aspecto do conservadorismo britânico de influência vitoriana é bem ilustrado por Ian McEwan em seu romance *Na praia*, que retrata um casal de jovens nascidos no pós-guerra, que acabam por se tornar vítimas de uma tensão sexual represada pela rígida educação de moldes vitorianos.

INTRODUÇÃO

Reino Unido. Carlile foi condenado por blasfêmia, devido ao seu ateísmo declarado, e sedição, por ter, entre outras coisas, publicado obras de Thomas Paine, um dos ideólogos da Independência dos EUA, como *O senso comum* e *Os direitos do homem*.

A Society for the Suppression of Vice, no entanto, ficou célebre por sua combativa atuação contra todo tipo de material erótico ou pornográfico. Um artigo publicado na revista *The Leisure Hour* [Hora de lazer], datado de 13 de janeiro de 1872, declara que essa sociedade trabalhava

incansavelmente para conter a disseminação aberta do vício e da imoralidade, e mais particularmente para preservar as mentes dos jovens da contaminação pela exposição à influência corruptora de livros, gravuras e outras publicações impuras e licenciosas.

O mesmo artigo oferece uma lista do material apreendido pela instituição nos anos anteriores:

140.213 gravuras, pinturas e fotografias obscenas; 21.772 livros e panfletos; cinco toneladas de folhas impressas, além de grande quantidade de publicações ímpias e blasfemas; 17.060 partituras de canções obscenas, catálogos, circulares e folhetos; 5.712 baralhos, caixas de rapé e outros artigos vis;[3] 844 matrizes tipográficas de cobre e aço; 480 matrizes litográficas; 146 entalhes em madeira; 11 prensas tipográficas, com os respectivos tipos e outros aparatos; 560 quilos de tipos, incluindo clichês de obras dos gêneros mais torpes.[4]

Esses números revelam bem mais do que a importân-

---

[3] Era frequente, na época, que as caixas de rapé tivessem imagens obscenas ou eróticas gravadas em suas tampas, daí a necessidade de apreender esses objetos.

[4] Disponível em: <www.victorianlondon.org>.

cia da Society for the Suppression of Vice para a manutenção do *status quo* moral da elite vitoriana. Eles demonstram, na realidade, uma das muitas contradições daquele período. Basta observar a enorme quantidade de material apreendido ao longo dos "poucos anos" que a matéria menciona para se ter uma ideia do volume de publicações eróticas da época. Na verdade, a despeito da intensa repressão à licenciosidade praticada na corte da Rainha Vitória, houve um florescimento inédito do gênero erótico em língua inglesa, a ponto de este se tornar um dos mais populares entre as classes mais baixas. Em sua *História da literatura erótica*, Alexandrian lançou a conjectura de que

a rainha Vitória, que morreu em 1901, não desconfiava de que durante seu reinado os ingleses tinham se tornado, às escondidas, os primeiros pornógrafos do mundo.[5]

Essa afirmação talvez pareça temerária. Difícil imaginar que a existência dos mais de 50 livreiros da Holywell Street, em Londres, que já à época da coroação de Vitória eram notórios por vender a rodo publicações eróticas e pornográficas, jamais tenha chegado aos ouvidos da rainha. O que vem realmente ao caso aqui, porém, é que, apesar da obsessão vitoriana contra a obscenidade — ou, talvez, justamente em consequência desta —, pode-se dizer que a pornografia tornou-se um produto altamente lucrativo. Os proventos gerados por ele eram tamanhos que, mesmo sujeitos às sanções penais, os editores especializados persistiam incansavelmente em seu ramo de atuação. William Dugdale, por exemplo, um dos mais ativos entre esses edi-

---

[5]Alexandrian. *História da literatura erótica*. Trad. Ana Maria Scherer e José Laurênio de Mello. Rio de Janeiro: Rocco, 1979, p. 262.

tores, foi preso nove vezes e acabou morrendo no cárcere; quando em liberdade, contudo, reincidia repetidamente e jamais deixava de fazer suas visitas regulares a Oxford e Cambridge, a fim de oferecer suas publicações aos ávidos estudantes.

A tremenda popularidade desse gênero entre os ingleses do século XIX provém em grande parte da capacidade frequentemente manifesta por ele de refletir, como um espelho de parque de diversões, uma imagem invertida e exacerbada do puritanismo defendido a ferro e fogo pelos moralistas. E se talvez Alexandrian exagere ao afirmar que foram os súditos da rainha Vitória os primeiros a merecerem o título de pornógrafos, afinal a França iluminista do século XVIII foi pródiga em bons autores libertinos, diga-se em favor deles que cultivaram um erotismo bem particular, ao mesmo tempo grotesco e burlesco, muito mais próximo da verve destrutiva e sarcástica de Sade que da fábula moral de Crébillon Fils.

Não por acaso, alguns dos alvos favoritos da literatura libertina vitoriana são o clero, as instituições e os valores familiares burgueses. Promovendo uma espécie de anarquia moral, ela frequentemente subverte os limites entre classes e confunde valores estabelecidos como inapelavelmente opostos.

SE AS PULGAS FALASSEM...

A tendência, já presente entre os clássicos, de compor narrativas licenciosas ou picantes a partir do testemunho de animais ou objetos é recorrente ao longo da história da literatura erótica.

Uma das primeiras obras (senão a primeira) a narrar sob o ponto de vista de um animal as aventuras sexuais humanas data do século II d.C. Trata-se de *Lúcio, o asno*, escrita por Luciano de Samósata. Autor bastante prolífico, Luciano foi advogado em Antióquia e posteriormente em Atenas, porém, ao que consta, ganhava a vida com leituras públicas de suas obras. Em *Lúcio*, lemos a história fantástica do homem que, por engano, passa em seu corpo um unguento mágico que o transforma em asno. Nessa condição, ele é obrigado a suprir as necessidades sexuais insaciáveis de uma mulher, mas é repudiado por esta após retornar à forma humana. Esta obra inspira-se numa antiga anedota grega segundo a qual as mulheres de Mileto seriam tão insaciáveis que apenas um jumento poderia satisfazê-las.

A mesma tradição milésia forneceu a base para um clássico latino, o *Asno de ouro*, de Apuleio. Nesse livro, o herói Lúcio viaja à Tessália e ouve falar sobre os feitos assombrosos das feiticeiras dessa região da antiga Grécia. Depois de testemunhar uma delas se transformar em pássaro após untar-se com o tal unguento mágico, Lúcio tenta fazer o mesmo, mas confunde os potes e ele acaba se transmutando num jumento. Sob essa forma, ele é levado por ladrões e inicia um longo périplo, passando de dono em dono e testemunhando histórias, situações e costumes diversos, até conseguir retornar à forma humana. Num dos episódios narrados, Lúcio cai em poder de um grupo de sacerdotes eunucos da deusa Cibele, e relata as orgias praticadas por eles. Embora a cena de zoofilia descrita por Luciano esteja presente também aqui, a principal característica da obra de Apuleio é criar um personagem que, apesar de ter assumido a aparência externa de um animal, vê o que ocorre à sua volta com olhos humanos e é capaz de narrar tudo o que presencia.

Também Horácio, no século I a.C., valeu-se do ponto de vista de um desses insuspeitados espectadores não humanos numa de suas obras satíricas. A oitava sátira tem como narrador uma imagem de madeira do deus Príapo, que conta, num discurso cômico e revolto, uma aventura erótica noturna da feiticeira Canídia, que se desenrola no jardim em que a estátua se encontra.

Esta tendência, já presente entre os clássicos, de compor narrativas licenciosas ou picantes a partir do testemunho de animais ou objetos é recorrente ao longo da história da literatura erótica. Um caso bastante famoso é o do romance libertino *O sofá*, escrito por Crébillon Fils e publicado em 1742, na França. Esta obra, parte crônica da vida cortesã, parte fábula moral, relata as experiências de um homem metamorfoseado no móvel do título. Este presencia sobre seu corpo supostamente inanimado toda sorte de encontros lúbricos e só retorna à condição humana quando, por fim, abriga em suas almofadas um casal verdadeiramente enamorado.

A obra de Crébillon é um fruto típico da França iluminista do século XVIII. Narrativa libertina e licenciosa, tem no entanto um cunho francamente moralizante ao expor o caráter réprobo da luxúria hedonista, das falsas virtudes e da hipocrisia religiosa e defender que só a sexualidade gerada pelo verdadeiro amor é realmente prazerosa e pura. Uma das máximas defendidas é de que o libertino é no fundo um impotente, porque eternamente insatisfeito, escravo das convenções sociais e da opinião pública.

A reincidência desses narradores na literatura erótica, aos quais é permitido assistir livremente atos praticados na intimidade, em segredo, pois, inertes ou irracionais, eles se manteriam supostamente indiferentes à lascívia dos humanos ou seriam desprovidos de voz para contá-los, é compreensível. Por um lado, representa a curiosidade voyeurista que, em maior ou menor grau, está presente nos seres humanos; aquela que os leva a espreitar por frestas de cortina ou buracos de fechadura, ou colar os ouvidos à parede que dá para o aposento contíguo. Mas é também representação do próprio leitor, que "vê" e "ouve" todos os atos dos personagens que compõem a narrativa e que presencia, no momento da leitura, suas mais secretas e íntimas ações.

Autobiografia de uma pulga faz parte dessa vertente da literatura libertina. Publicado originalmente em 1885 – embora em sua primeira edição[6] trouxesse a data fictícia, e significativa, de 1789, ano em que teve início a Revolução Francesa –, de autor anônimo, cuja identidade seria posteriormente atribuída ao advogado londrino Stanislas de Rhodes, tem como narrador um desses insetos cujo nome latino – *Pulex irritans* – já diz muito. Pequenina, saltitante e, quem sabe, irritante aos ouvidos vitorianos dos que lhe reprovariam a narração, a pulga dessa história tem características muito particulares, pois é dotada de "conhecimento, capacidade de observação e poder de

---

[6]A folha de rosto dessa primeira edição continha a seguinte imprenta, bastante jocosa, por sinal: "The Autobiography of a Flea, Told in a Hop, Skip and a Jump. S.I. [Brussels]: The Phlebotomical Society: Cythera, 1789".

memorização sobre a totalidade dos maravilhosos fatos e descobertas", que passa então a narrar.

Dar voz a uma pulga para que esta relate uma aventura erótica é um recurso narrativo bastante sagaz. Minúscula e sorrateira, ela tem acesso a todos os recantos do corpo de seu hospedeiro, por mais íntimos que sejam. Cada dobra, cada ruga e cada pelo podem lhe servir de abrigo e esconderijo, de onde ela pode testemunhar em silêncio todas as ações que o desejo e a carne são capazes de impor. Além do mais, a agilidade e a presteza da pulga em cobrir com rapidez distâncias relativamente longas para seu corpo diminuto fazem dela um verossímil narrador onisciente. Ela tem a prerrogativa de viajar sobre os corpos dos personagens e conduz com seus saltos o olhar do leitor por todo o espaço onde a narrativa se constrói, além de desnudar, com seus comentários irônicos, até mesmo sarcásticos, as vilanias e atos lascivos que presencia.

Tais habilidades permitem à nossa diminuta narradora assistir e descrever as aventuras sexuais da heroína do romance, a adolescente Bella, desde sua iniciação amorosa um tanto ingênua, num banco de jardim, passando por uma sucessão de encontros minuciosamente descritos com diversos homens, todos de virilidade assombrosa, até o orgiástico desfecho, quando certas circunstâncias levarão o parasita a indispor-se com sua hospedeira e dela se separar, encerrando assim seu testemunho. Ao longo desse percurso, a transformação de Bella é notável. A moça é descrita inicialmente como uma menina

linda – apenas quatorze anos –, uma figura perfeita, e embora fosse tão jovem, seus seios tenros já floresciam naquelas proporções que deliciam o outro sexo.

Não fosse a referência a seus atrativos sexuais, poderíamos pensar que se tratasse da heroína de um dos muitos romances açucarados, de cunho moralizante, que proliferaram no período vitoriano. Como era típico das jovens personagens femininas de tais novelas, trata-se de uma órfã criada por seus tios, um severo e abastado homem de negócios e sua esposa extremamente religiosa. Sua inexperiência e credulidade pueril a tornam facilmente vulnerável ao assédio de uma sucessão de homens astutos e libertinos. Gradualmente, porém, desfaz-se de sua ingenuidade e de seu apego à virtude para se tornar ela própria uma mulher libertina, assumindo um protagonismo cada vez mais decisivo nas tramas sexuais em que se envolve, chegando até mesmo a tomar parte ativa na corrupção de outra garota e na indução de um homem ao incesto. Não fosse por uma certa malícia em seus modos, uma certa lascívia natural sugerida desde o início pela pulga narradora e uma pronta disposição a acatar as investidas de seus corruptores, quase poderíamos dizer, numa referência a duas das personagens mais famosas do Marquês de Sade, que se trata de uma virtuosa Justine que progressivamente se transforma em devassa Juliette.

Bella, como seria de se esperar em alguém da sua idade, demonstra uma curiosidade instintiva em relação ao sexo. No entanto, o que determinará seu ingresso na vida libertina será paradoxalmente o seu fervor religioso. Apesar da primeira experiência sexual com um jovem enamorado, o homem que realmente a seduzirá será seu padre confessor, que a incumbe do "solene e sagrado dever de mitigar os desejos mundanos de nossa comunidade religiosa", garantindo que ela, como fruto de tão piedosa dedicação aos interesses da Santa Madre Igreja, "nadará num oceano de prazer sensual, sem incorrer nas penalidades do amor ilícito".

O comportamento inicial da protagonista de *Autobiografia de uma pulga* faz dela, ainda que por vias tortas, uma personificação da Jovem dickensiana a que se refere Kendrick. Tal afirmação pode até soar estranha se considerarmos a prontidão, e até a considerável avidez, com que Bella se deixa seduzir. No entanto, o próprio Dickens afirma que "parece não haver uma linha de demarcação entre a excessiva inocência da jovem e a mais imputável malícia de outras pessoas" e atribui isso ao fato de que sua personagem em questão, Georgiana Podsnap, sempre tímida e cabisbaixa, vê o mundo unicamente pelos reflexos das botas de seu pai, o orgulhoso e farisaico John Podsnap, e da pesada mobília da residência em que restringe seus dias. Este, aliás, é um traço marcante da Jovem vitoriana, tal como a define Kendrick: ela carece da capacidade de distinguir de maneira sólida o real do figurado e por isso toma meras representações como sendo a realidade. É tal característica que faz com que a personagem de Dickens facilmente se iluda com um pretendente interesseiro, e com que Bella, convencida por seu padre confessor, passe imediatamente a se considerar uma espécie de beata erótica a serviço da obra divina.

Talvez a atitude desta anti-heroína adolescente pareça um tanto simplória aos olhos contemporâneos, que, de maneira geral, já não aceitam absolutamente sem ressalvas as palavras e injunções dos religiosos, particularmente em relação à sexualidade humana. Porém, é necessário levar em conta que o código moral vitoriano, embora vedasse o sexo extramarital como algo sujo e abominável, conferia um caráter sagrado e sublime a esse mesmo ato, desde que praticado dentro dos limites estabelecidos pelo matrimônio, com as bênçãos conferidas pelo sacramento cristão. É a essa concepção sacra das relações sexuais entre cônjuges que o bondoso padre Ambrose recorre para convencer sua "vítima". Se o sexo é algo sagrado, desde que imbuído dessa qualidade por meio do matrimônio, o mesmo ato quando praticado dentro da Santa Igreja deveria ser ainda mais santificado, podendo levar aqueles que dele gozam à mais elevada beatitude, numa verdadeira antecipação terrena daquela felicidade única que, segundo o dogma cristão, só pode ser experimentada pelos bem-aventurados que ingressarão no paraíso celeste. Tendo isso em vista – sofisma o bom sacerdote –, a prática sexual altruísta que se destinaria unicamente a aliviar os membros da Igreja de suas pressões sexuais se sobreporia até mesmo ao casamento. É esse argumento que Ambrose, o clérigo, usa para seduzir uma das frequentadoras do seu confessionário, garantindo-lhe que

o casamento com frequência traz muito pesar, e [...] até mesmo os votos do matrimônio podem, sob certas circunstâncias, ser quebrados vantajosamente.

Autobiografia de uma pulga é, portanto, uma obra anticlerical, como tantas que a literatura erótica produziu, desde a Idade Média. O anticlericalismo na literatura erótica sempre foi uma reação, ainda que carnavalesca, aos ditames morais impostos pelo cristianismo.[7] Porém, como

---

[7] A esse respeito, no entanto, vale lembrar a ressalva feita por Alexandrian, de que "um preconceito arraigado é acreditar que o

é frequentemente o caso na literatura libertina vitoriana, esta obra vai muito além e oferece um cômputo de diversas práticas sexuais das mais abominadas pelo puritanismo da época. Assim, em suas páginas encontramos diversas descrições explícitas e detalhadas de orgias grupais, sexo oral e anal, homossexualismo e, principalmente, incesto. Indubitavelmente uma afronta ao código moral defendido de maneira tão aguerrida pela burguesia vitoriana.

O clero católico não é o único alvo escolhido pela probóscide ferina desta pulga. Igualmente importantes para nutrir o sarcasmo do inseto são as veias da hipocrisia moral da classe média abastada do Reino Unido. Um dos eventos fundamentais do romance é o pacto que se firma entre o clérigo libertino e o aparentemente severo e moralista sr. Verbouc, tio de Bella, que a despeito de cultivar a imagem do homem de negócios rico, austero e respeitável, dá vazão, em sua vida privada, a um sensualismo exacerbado e perverso. A disparidade entre a imagem pública do personagem e sua conduta moral duvidosa, encerra evidentemente uma crítica a outra das contradições da vida sexual vitoriana. Não era incomum que mulheres, e até mesmo crianças, das classes baixas fossem assediadas por cavalheiros de aparência tida igualmente como respeitável, como demonstra este trecho de artigo publicado no jornal *Penny Illustrated Paper*, de 28 de agosto de 1869:

Um correspondente do *Daily News*, que se assina "H.H." cha-

cristianismo foi o inimigo da literatura erótica, enquanto o paganismo teria sido seu defensor incondicional. [...] Em todas as civilizações colocou-se o problema da decência, pois em nenhuma se desejava que o homem se conduzisse com tão pouca compostura quanto os bichos". Alexandrian. *Op. cit.*, p. 31.)

mou a atenção do público para um dos mais graves perigos de nossas ruas londrinas. A julgar por sua carta, parece que uma bela e bem alinhada garota, de onze anos de idade, trabalhando como mensageira, é literalmente caçada de rua em rua bem no centro de Londres, e obrigada a correr por entre cascos de cavalos e rodas de carruagem em busca de segurança; embora as intenções de seu perseguidor – um homem de boa presença, de seus cinquenta anos de idade –, que a aborda, obstrui o seu caminho, segura seu vestido e se esforça por obrigá-la a entrar em algum covil de infâmias, não possam passar despercidas por ninguém que se dê ao trabalho de observá-lo, ainda assim a polícia não se convence a usar de sua autoridade para protegê-la. A atenção de um policial é chamada para que ele veja o que está acontecendo, mas ele "não pode interferir". Ele não enxergou o mesmo que "H.H." [...] "O homem aparenta ser um cavalheiro respeitável, e não caminharia ao lado da garota nem a seguraria se não a conhecesse".[8]

A Inglaterra vitoriana, ainda que governada por uma rainha do sexo feminino, era uma sociedade regida por homens. As mulheres, tomadas generalizadamente como seres ingênuos e inerentemente submissos, poucas vezes tinham direito a voz. Seus destinos eram, na maioria dos casos, determinados por maridos, parentes ou responsáveis do sexo masculino, que usualmente levavam em conta os seus próprios interesses. Isso não passa despercebido à observação atenta dessa pulga que narra aqui a sua biografia. Numa das mais importantes e irônicas passagens do romance, por exemplo, Bella sugere a um cavalheiro que sua virgindade poderia ser cedida mediante certa soma a ser paga a seu tio, que assim cuidaria de administrar os interesses de ambos. Ao ouvir isso, o personagem em

---

[8]Disponível em: <http://www.victorianlondon.org>.

questão comenta, admirado: "Que homem deve ser ele, que tino maravilhoso para os negócios ele deve ter". E acrescenta: "Realmente, Bella, seu tio é um homem de negócios no sentido mais estrito".

Ainda que embasada sobre dogmas religiosos, a injunção vitoriana à decência foi principalmente uma imposição das classes política e economicamente dominantes, em particular a burguesia mercantil e industrial e a nobreza do Reino Unido. Porém, servia mais ao propósito de preservar os interesses familiares e de classe do que propriamente à construção de uma sociedade virtuosa. O trecho citado no parágrafo anterior ilustra isso. A imoralidade podia ser combatida com unhas e dentes, mas apenas para garantir uma imagem de retidão e decência "civilizadas" das classes altas vitorianas. Entretanto, sua inflexibilidade dependia em grande parte da situação econômica, social ou de gênero em que o indivíduo se encontrasse.

Nesse aspecto, o caso de Bella é representativo da subversão moral adotada pela literatura libertina vitoriana. No início da narrativa, ela encarna o ideal típico da Jovem vitoriana, religiosa e submissa, como as heroínas ingênuas dos romances para moças que se popularizaram naquela época. Contudo, a descoberta de que havia sido vítima de um engodo, e de que até mesmo a imagem que fazia de seu severo tio era falsa, provoca nela uma transformação súbita. A personagem, a partir daí, passa a ocupar uma posição cada vez mais ativa nos banquetes sexuais de que participa e desenvolve uma habilidade surpreendente para manipular situações de forma a obter sua própria satisfação. O mais significativo exemplo disso (e provavelmente o mais herético aos olhos da censura vitoriana) é a dissolução dos limites entre as classes sociais que ela promove ao manter um encontro sexual com dois broncos camponeses, que encontra casualmente a caminho da casa de seu tio. As descrições desses rústicos personagens, que aliás são pai e filho, encarnam o que havia de mais repugnante para a elite vitoriana: ignorantes ao extremo, dotados de um instinto sexual animalesco (não por acaso, ela os encontra após presenciar uma cópula entre cavalos), destituídos de qualquer indício do que as classes abastadas defendiam como a "civilidade" desejável, eles parecem existir unicamente para seu trabalho embrutecedor e sua sexualidade irrestrita. Bella, ainda que demonstre um certo temor diante do caráter aparentemente sociopático dos tais camponeses, procura-os espontaneamente com o intuito de satisfazer sua curiosidade sexual. A cena em questão, a propósito, dá vazão uma verdadeira anarquia pansexual, característica do erotismo literário daquele período, numa orgia em que estão presentes práticas sexuais consideradas escandalosas, que incluem não apenas as relações carnais entre classes sociais distintas, mas também o homossexualismo incestuoso.

Autobiografia de uma pulga é, portanto, uma obra erótica de muitas facetas. Se pode ser lida puramente como romance pornográfico destinado a estimular a libido do leitor com suas descrições fartas, desmedidas e explícitas das práticas sexuais dos personagens, é também, com seu inventário de atos lúbricos, uma afronta declarada ao rígido código moral vigente na época em que foi escrito. Romance anticlerical que se propõe a exprobrar violações do segredo do confessionário por sacerdotes de moral questionável, representados pelo padre Ambrose, tem na figura faceciosa e irreverente do padre Clement um contraponto burlesco que evoca as fábulas eróticas medievais. Mas este romance é, também, como vimos, forte crítica de costumes, ridicularizando por meio de representações grotescas o farisaísmo de uma sociedade extremamente conservadora, mas repleta de contradições. Nesse sentido, é descendente direto da literatura libertina setecentista, que por sua vez tem suas origens no texto satírico. Este, afinal, adotou como divisa a frase de Jean de Santeuil, celebrizada por Molière: *castigat ridendo mores*, pune os males pelo riso. De *Autobiografia de uma pulga*, mais apropriado seria dizer *castigat futuendo mores*, pois fodendo fustiga os costumes.

BIBLIOGRAFIA

Bibliografia recomendada

ALEXANDRIAN. *História da literatura erótica*. Trad. Ana Maria Scherer e José Laurênio de Mello. Rio de Janeiro: Rocco, 1993.

FILS, Crébillon. *O sofá*. Trad. Carlota Gomes. Porto Alegre: L&PM, 1992.

KEARNEY, Patrick. *The Private Case: An Annotated Bibliography of the Private Case Erotic Collection in the British (Museum) Library*. London: Jay Landesman, 1981.

MENDES, Peter. *Clandestine Erotic Literature in English, 1800–1930*. London: Scholar Press, 1993.

SWINBURNE, Algernon Charles. *Flossie, a Vênus de quinze anos*. Trad. Guilherme da Silva Braga. São Paulo: Hedra, 2009.

WILDE, Oscar. *Teleny, ou o reverso da medalha*. Trad. Francisco Innocêncio. São Paulo: Hedra, 2009.

Sites

HTTP://WWW.PETTICOATED.COM.

HTTP://WWW.VICTORIANLONDON.ORG.

Filme

THE AUTOBIOGRAPHY OF A FLEA. (1976). Direção: Sharon McNight. Produção: Mitchell Brothers Pictures. EUA. Produção erótica estadunidense, com o famoso ator pornô John Holmes interpretando o padre Ambrose.

AUTOBIOGRAFIA DE UMA PULGA

I

Nasci... Mas, quando e onde, não sei dizer; por isso devo deixar que o leitor aceite tal afirmação *per se*, e creia nela se assim desejar. Uma coisa é igualmente certa, o fato de meu nascimento não é nem um átomo menos verídico que a realidade destas memórias, e se o letrado estudante destas páginas se pergunta como pode alguém que segue meus passos – ou, talvez, eu deva dizer saltos – na vida ter-se tornado detentor de conhecimento, capacidade de observação e poder de memorização sobre a totalidade dos maravilhosos fatos e descobertas que estou prestes a relatar, resta-me apenas recordá-lo de que há inteligências insuspeitadas pelo vulgo e pelas leis naturais, cuja existência sequer chegou a ser detectada pelo que há de mais avançado no mundo científico.

Ouvi em algum lugar a observação de que minha única competência é ganhar a vida chupando sangue. Não sou de modo algum o mais baixo representante dessa fraternidade universal, e se mantenho uma existência precária sobre os corpos daqueles com quem entro em contato, minha experiência prova que faço isso de maneira distinta e peculiar, emitindo um alerta sobre a minha atividade que raramente é dado por aqueles que se encontram em outras graduações de minha profissão. Mas alego ter propósitos outros e mais nobres do que o mero sustento do meu ser com as contribuições dos incautos. Tomei consciência desta mácula original e, com uma alma muito superior aos instintos vulgares da minha raça, saltei degrau por degrau rumo às alturas da percepção mental e da erudição, até me posicionar para sempre no pináculo da grandeza insetífera.

É esse talento para a aprendizagem que devo evocar ao descrever as cenas das quais fui testemunha – e não tão só, mas até mesmo participante. Não devo parar para explicar por que meios sou detentor da capacidade humana de pensamento e observação, mas, em minhas elucubrações, deixo simplesmente que você perceba que as possuo e se maravilhe, como é de se esperar.

Você se dará conta, portanto, de que não sou uma pulga comum. De fato, quando trago à mente as companhias com que estou habituado a me misturar, a familiaridade com que se me tem permitido o trato com as pessoas mais elevadas e as oportunidades que tenho encontrado para travar a maioria dos meus conhecimentos, o leitor sem dúvida concordará comigo que sou muito verdadeiramente um inseto dos mais maravilhosos e sublimes.

Minhas primeiras lembranças me conduzem a certo dia em que me vi dentro de uma igreja. Havia o trinar de uma música magnífica e um cantochão lento e monótono que na época encheu-me de surpresa e admiração, mas há muito desde então aprendi a verdadeira importância de tais influências, e hoje tomo as atitudes dos crentes como a aparência externa de emoções íntimas que na maior parte das vezes inexistem. Seja como for, estava engajado em assuntos profissionais relativos à perna branca e roliça de uma jovem dama de uns quatorze anos de idade, de cujo sangue delicioso eu ainda recordo bem o sabor, e cuja fragrante...

Mas estou divagando.

Logo depois que eu comecei a dedicar-lhe tranquila e amigavelmente minhas pequenas atenções, a jovem, juntamente com o restante da congregação, levantou-se para partir, e eu, como era natural, tomei a decisão de acompanhá-la.

Tenho visão muito aguçada, tanto quanto meus ouvidos, e graças a isso vi um jovem cavalheiro enfiar um pedacinho de papel branco dobrado na bela mão enluvada da mocinha, quando ela passou pelo pórtico abarrotado de pessoas. Eu havia notado o nome Bella caprichosamente bordado na seda macia da meia que primeiramente me atraíra, e então vi que a mesma palavra aparecia solitária sobre a parte externa do bilhete amoroso. Ela estava com sua tia, uma dama alta e imponente, com quem não me dei ao trabalho de entrar em maiores intimidades.

Bella era linda – apenas quatorze anos –, uma figura perfeita, e embora fosse tão jovem, seus seios tenros já floresciam naquelas proporções que deliciam o outro sexo. Seu rosto era encantador em sua franqueza; seu hálito, doce como os perfumes da Arábia e, como eu não me canso de dizer, sua pele era macia como o veludo. Bella evidentemente tinha pleno conhecimento de sua boa aparência, e erguia sua cabeça de maneira tão orgulhosa e faceira quanto uma rainha. Que ela inspirava admiração não era difícil de notar pelos olhares desejosos e ardentes que os homens jovens – e às vezes também aqueles de idade mais madura – lançavam sobre ela. Houve um silenciar geral das conversas do lado de fora do edifício, e um disseminado voltar de olhos na direção da linda Bella, o que me informou de maneira mais clara que as palavras que ela era a admirada de todos os olhos e a desejada de todos os corações – ao menos entre o sexo masculino.

Prestando, no entanto, muito pouca atenção ao que era evidentemente algo de ocorrência diária, a jovem dama caminhou rapidamente para casa com sua tia, e após chegar àquela residência asseada e distinta, foi diretamente para o seu quarto. Não direi que a segui, e sim que "fui com ela", e observei a meiga menina levantar uma delicada perna por sobre a outra e descalçar a mais pequenina, bem ajustada e elegante das botas de pelica.

Saltei para o tapete e prossegui meu exame. A bota esquerda seguiu o mesmo curso, e sem retirar sua perna roliça de cima da outra, Bella ficou olhando para o pedaço de papel dobrado que eu vira aquele sujeito jovem depositar secretamente em sua mão.

Assistindo a tudo de perto, notei as coxas que se dilatavam por cima de suas ligas apertadas e estendiam-se para o alto, até se perderem na escuridão, quando se juntavam no ponto onde, em sua posição dobrada, encontravam a linda barriga; e quase obliterada uma fenda fina como pele de pêssego, que mal exibia à sombra de ambas os seus lábios arredondados.

Logo depois, Bella derrubou seu bilhete, e como este se encontrava aberto, tomei a liberdade de lê-lo.

"Estarei no lugar de sempre às oito da noite em ponto", eram as únicas palavras que o papelzinho continha, mas pareceram ser de especial interesse para Bella, que continuou devaneando por algum tempo no mesmo humor pensativo.

Minha curiosidade se atiçou, e meu desejo de saber mais sobre os interessantes jovens seres com os quais o acaso havia tão promiscuamente me posto em prazeroso contato, motivou-me a permanecer calmamente abrigado num esconderijo confortável, embora um tanto úmido, e não foi senão perto da hora marcada que emergi mais uma vez para assistir a progressão dos eventos.

Bella havia se vestido com escrupuloso esmero, e fazia os preparativos para dirigir-se ao jardim que circundava a casa de campo em que residia.

Fui com ela.

Chegando ao final de uma longa e sombreada aleia, a jovem sentou-se sobre um banco rústico, a ali esperou a chegada da pessoa com quem deveria se encontrar.

Não se passaram muitos minutos até que o jovem rapaz que eu havia visto entrar em contato com minha bela amiguinha pela manhã se apresentasse.

Seguiu-se uma conversa que, a julgar pelo alheamento do casal a qualquer coisa que não fossem eles próprios, guardava um interesse incomum para ambos. Entardecia, e o crepúsculo já havia começado: o ar estava tépido e agradável, e o jovem casal sentou-se estreitamente cingido sobre o banco, ambos distantes de qualquer coisa que não sua felicidade mútua.

— Você não sabe como eu a amo, Bella — sussurrou o rapaz, selando ternamente sua jura com um beijo nos lábios estendidos de sua acompanhante.

— Sim, eu sei — respondeu a garota com ingenuidade. — Você não está sempre me dizendo? Logo vou acabar me cansando de ouvir isso.

Bella agitou seus lindos pezinhos e pareceu pensativa.

— Quando você vai explicar e demonstrar todas aquelas coisas divertidas de que me falou? — perguntou ela, lançando-lhe um ligeiro olhar e depois desviando seus olhos de maneira igualmente rápida para o cascalho da calçada.

— Agora — respondeu o jovem. — Agora, querida Bella, enquanto temos uma oportunidade de estar a sós e livres de interrupções. Você sabe, Bella, que nós não somos mais crianças?

Bella fez que sim com a cabeça.

— Bem, há coisas que não são conhecidas das crianças, mas é necessário que os amantes não apenas as conheçam, mas também as pratiquem.

— Puxa! — disse a garota, com seriedade.

— Sim — continuou seu companheiro —, há segredos que tornam os amantes felizes, e que fazem a alegria de amar e ser amado.

— Meu Deus! — exclamou Bella — Como você ficou sentimental, Charlie. Eu me lembro de quando você declarava que sentimento era "só tapeação".

— Eu realmente pensava isso, até amar você — respondeu o rapaz.

— Bobagem — prosseguiu Bella. — Mas continue, Charlie, e me conte o que você prometeu.

— Não posso contar sem também mostrar — respondeu Charlie. — Só se pode adquirir conhecimento por meio da experiência.

— Oh, então vá em frente e me mostre — exclamou a garota, em cujos olhos brilhantes e faces em brasa eu pensei poder detectar uma noção muito inteirada do tipo de instrução que o rapaz estava prestes a comunicar.

Havia algo de cativante em sua impaciência. O rapaz rendeu-se àquilo e, cobrindo a bela forma juvenil da garota com a sua, colou seus lábios aos dela e beijou-a arrebatadamente. Bella não opôs resistência; até mesmo ajudou-o e retribuiu as carícias de seu amante.

Enquanto isso, o anoitecer avançava: as árvores se mesclaram na escuridão que se formava, estendendo suas copas imponentes para abrigar da luz pálida os jovens amantes.

Rapidamente, Charlie deslizou para um dos lados. Ele fez um ligeiro movimento e então, sem encontrar qualquer resistência, passou sua mão por baixo e para dentro das anáguas da linda Bella. Não satisfeito com os encantos que encontrou entre os limites das acetinadas meias de seda, ensaiou avançar ainda mais, e seus dedos errantes logo tocaram a carne macia e trêmula de suas coxas adolescentes.

A respiração de Bella ficou mais forte e acelerada, enquanto ela sentia aquele indelicado ataque contra os seus talismãs. Longe, porém, de resistir, ela evidentemente se regozijava com a excitante folgança.

— Toque-me — sussurrou Bella. — Você pode.

Charlie não precisava de mais convites: de fato, já se preparava para avançar sem nenhum e compreendeu instantaneamente a permissão, conduzindo adiante os seus dedos.

A formosa garota abriu suas coxas enquanto ele fazia aquilo, e no instante seguinte a mão dele cobriu os delicados lábios róseos de sua linda fenda.

Durante os próximos dez minutos, o casal permaneceu quase imóvel, seus lábios juntaram-se e apenas suas respirações assinalavam as sensações que os arrebatavam com a toxidez da lascívia. Charlie sentiu um delicado objeto, que se enrijeceu sob seus dedos ágeis, e fingiu proficiência em algo de que não tinha experiência alguma.

No mesmo instante Bella fechou seus olhos, e atirando sua cabeça para trás, estremeceu ligeiramente, enquanto seu corpo se tornava dúctil e lânguido, e ela deixou que sua cabeça repousasse sobre o braço de seu amante.

— Oh, Charlie — ela murmurou. — O que é isso que você está fazendo? Que sensações deliciosas você me dá.

Enquanto isso, o rapaz não estava ocioso, mas após ter explorado completamente tudo o que podia na posição limitada em que se encontrava, levantou-se e, sensível à necessidade de mitigar a paixão bravia que suas ações haviam atiçado, suplicou à sua adorável acompanhante que o deixasse conduzir sua mão até um precioso objeto, que ele assegurou que seria capaz de dar-lhe um prazer muito maior que seus dedos haviam proporcionado.

De bom grado a mão de Bella encontrou-se, no momento seguinte, fechada sobre uma nova e deliciosa substância, e fosse por ter cedido à curiosidade que simulava, fosse por sentir-se realmente arrebatada por seus desejos recém-excitados — não seria possível dizer —, teve de sacar e trazer à luz aquela coisa ereta de seu amigo.

Aqueles entre os meus leitores que já se viram colocados em posição similar entenderão prontamente o calor proveniente do toque e a surpresa no olhar que saudou a primeira aparição pública daquela nova aquisição.

Bella segurava, pela primeira vez em sua vida, o membro de um homem na total plenitude de sua potência, e embora não fosse de forma alguma, e isso eu podia ver claramente, um dos mais formidáveis, ainda assim sua haste branca e sua cabeça encapuzada de vermelho, cuja pele macia se retraiu quando ela a puxou, conquistou prontamente a inclinação da garota para aprender mais.

Charlie estava igualmente comovido; seus olhos brilhavam e sua mão continuava perambulando por todo o doce tesouro juvenil do qual ele se havia apossado.

Enquanto isso, as brincadeiras da mãozinha branca sobre o viçoso membro que ela tocava produzira efeitos comuns, sob tais circunstâncias, a qualquer um que tenha uma constituição tão saudável e vigorosa quanto a do possuidor daquele falo em particular.

Extasiado com as suaves pressões, os gentis e deliciosos apertos, e o modo inexperiente com que a jovem dama puxava as dobras da exaltada glande e expunha seu cume rubiáceo, púrpura de desejo, e sua ponta, terminada num minúsculo orifício, agora à espera da oportunidade de expelir sua lúbrica oferenda, o jovem ficou delirante de luxúria, e Bella, participando de sensações novas e estranhas, mas que a transportaram num turbilhão de excitação apaixonada, arquejava por não saber o que poderia trazer alívio àquele êxtase.

Com seus lindos olhos semicerrados, seus lábios úmidos entreabertos e sua pele quente e brilhosa com aquele impulso incomum que se insinuava sobre ela, tornou-se a deliciosa vítima perfeita de quem quer que tivesse a chance momentânea de tirar proveito de seus favores e colher sua delicada rosa em botão.

Charlie, por jovem que fosse, não era cego a ponto de perder uma oportunidade tão boa. Além disso, suas paixões agora desmedidas levavam-no a seguir adiante a despeito dos ditames da prudência, que em outra situação ele teria ouvido. Sentiu o âmago pulsante e totalmente umedecido tremer sob seus dedos, contemplou a linda garota deitada convidativamente para o esporte amoroso e observou o terno ofegar que fazia o peito da jovem subir e descer, assim como as fortes emoções sensuais que animaram a corpo afogueado de sua companheira adolescente. As pernas desenvolvidas, macias e túrgidas da garota estavam agora expostas ao seu olhar sensual.

Levantando gentilmente os tecidos que se interpunham, Charlie revelou ainda mais dos encantos secretos de sua adorável parceira, até que, com os olhos em labaredas, viu as coxas fartas terminarem nos quadris voluptuosos e o branco ventre palpitante.

Então também o seu olhar ardente caiu sobre o ponto central da atração – a pequenina fenda rosada que jazia semioculta no sopé do elevado monte de Vênus, ainda escassamente sombreado pela mais leve penugem.

A estimulação que ele havia administrado e as carícias que havia concedido ao objeto cobiçado induziram um fluir da umidade natural que tal excitação tende a provocar, e Bella ficou com sua fenda apessegada bem orvalhada com o melhor e mais doce lubrificante da natureza.

Charlie viu sua chance. Desenlaçando gentilmente a mão dela de seu membro, atirou-se freneticamente sobre o corpo deitado da garota.

Seu braço esquerdo se dobrou sob a fina cintura dela, seu hálito quente soprava sobre as faces da garota e seus lábios pressionaram os dela num longo, apaixonado e aflito beijo. Sua mão esquerda, agora livre, buscou unir aquelas partes de ambos que eram os instrumentos ativos do prazer sensual, e com ávidos esforços ele tentou completar a conjunção.

Bella então sentiu pela primeira vez em sua vida o toque mágico da máquina masculina entre as pétalas de seu orifício rosáceo.

Nem bem ela sentiu o cálido contato desempenhado pela cabeça enrijecida do membro de Charlie, estremeceu perceptivelmente, e já antecipando as delícias do ato sexual, deixou escapar uma abundante prova de sua natureza suscetível.

Charlie estava extasiado por sua felicidade, e avidamente se esforçou para tornar perfeito o seu deleite.

Mas a Natureza, que havia operado de maneira tão poderosa no desenvolvimento das paixões sensuais de Bella, ainda deixava algo por completar; não fosse isso, a abertura de tão precoce botão poderia ter sido facilmente executada.

Ela era muito jovem, imatura, certamente, no que diz respeito àquelas visitas mensais que devem assinalar o começo da puberdade; e as partes de Bella, repletas que eram de perfeição e frescor, encontravam-se ainda parcamente preparadas para acomodar até mesmo um paladino tão modesto como aquele que, com seu elmo arredondado já introduzido, agora batalhava para entrar e ali assentar alojamento.

Em vão Charlie empurrava e se empenhava para forçar rumo ao interior das partes delicadas da adorável garota o seu membro excitado.

As dobras cor-de-rosa e o minúsculo orifício resistiam a todas as suas tentativas de penetrar na gruta mística. Em vão a formosa Bella, agora instigada até uma furiosa excitação e semienlouquecida pela titilação a que já havia sido submetida, auxiliava por todos os meios que estavam ao seu alcance as audaciosas tentativas de seu jovem amante.

A membrana era forte e resistiu com bravura até que, com o propósito afoito de conquistar seu objetivo ou romper com tudo, o rapaz bateu em retirada por um momento, e depois mergulhou desesperadamente para diante, conseguindo trespassar o bloqueio e meter cabeça e ombros de sua coisa enrijecida no ventre da garota submissa.

Bella deu um pequeno grito, ao sentir a violenta invasão de seus recantos secretos, mas o delicioso contato deu-lhe coragem para suportar a dor aguda, na esperança do alívio que parecia estar a caminho.

Enquanto isso, Charlie pressionava cada vez mais e, orgulhoso da vitória que já havia conquistado, não apenas manteve seu território, mas a cada estocada ganhava um pouco mais de terreno em sua estrada.

Já se disse que *"ce n'est que le premier coup qui coûte"*,[1] mas pode-se com justiça argumentar que é ao mesmo tempo perfeitamente possível que *"quelquefois il coûte trop"*,[2] como o leitor pode estar inclinado a inferir comigo no presente caso.

Nenhum dos nossos amantes, porém, teve – é estranho dizer – um só pensamento sobre o assunto, mas plenamente ocupados com as deliciosas sensações que os haviam subjugado, prosseguiram naqueles ardentes movimentos que, pelo que ambos podiam sentir, terminariam no êxtase.

---

[1] Em francês no original: "É apenas a primeira estocada que é difícil". [Todas as notas são do tradutor exceto quando indicadas.]

[2] "Às vezes, o preço é alto demais."

Quanto a Bella, com todo seu corpo tremulando de deliciosa impaciência, e seus carnudos lábios vermelhos dando vazão às curtas exclamações erráticas que anunciavam a gratificação extrema, entregou-se de corpo e alma aos deleites do coito. Suas compressões musculares sobre a arma que agora definitivamente a conquistara, o firme abraço em que ela mantinha o convulso rapaz, o delicado aperto da bainha orvalhada e justa como uma luva, tudo tendia a excitar Charlie até a loucura. Ele sentiu sua máquina penetrar no corpo dela até a raiz, até que os dois globos contraídos sob o escumante campeão da sua masculinidade fossem pressionados contra as brancas bochechas das nádegas da garota. Não havia como avançar mais e a única coisa de que se ocupava era gozar — colher plenamente a deliciosa seara dos seus esforços.

Mas Bella, insaciável em sua paixão, nem bem viu o desejo de conjunção se completar, em vez de saborear o penetrante prazer que o túmido e quente membro lhe proporcionava, ficou excitada demais para saber ou se importar minimamente com o que estivesse acontecendo, e sua frenética exaltação, logo alcançada novamente pelos espasmos enlouquecedores da luxúria consumada, pressionou seu corpo para cima de encontro ao objeto de seu prazer, atirou seus braços para o alto num arrebatamento apaixonado e em seguida, afundando novamente no abraço de seu amante, com baixos gemidos de extática agonia e gritinhos de surpresa e deleite, verteu uma copiosa emissão, que encontrando um escoamento relutante por baixo, inundou os testículos de Charlie.

Tão logo o jovem comprovou o gozo libertador para cuja concessão à linda Bella ele fora o instrumento, e sentiu o fluxo que havia se derramado em tamanha profusão sobre seu corpo, também sentiu-se dominar pelo furor lúbrico. Uma tempestuosa torrente de desejo pareceu percorrer suas veias; seu instrumento estava agora acoplado até o cabo no ventre sublime da garota, e então, recuando, extraiu o membro fumegante quase até a cabeça. Depois voltou a pressioná-lo e impeli-lo totalmente para diante. Sentiu um comichão, uma sensação enlouquecedora percorrer-lhe o corpo; tornou mais apertado o abraço com que cingia sua jovem amante e, no mesmo instante que outro grito de gozo arrebatador partiu do peito arfante desta, ele passou a ofegar sobre os seus seios, e verteu para o útero receptivo da garota um rico e excitante jato de vigor juvenil.

Um baixo gemido de lascívia satisfeita escapou dos lábios entreabertos de Bella quando ela sentiu o jorrar convulso do fluido seminal partir do membro atiçado para dentro do seu corpo. No mesmo instante, o frenesi concupiscente da emissão arrancou de Charlie um agudo e penetrante grito, enquanto ele jazia com os olhos revirados no último ato daquele drama sensual.

Esse grito foi o sinal para uma interrupção que foi tão abrupta quanto inesperada. Do meio dos arbustos que margeavam o local saiu furtivamente a silhueta de um homem, que parou diante dos amantes adolescentes.

O horror congelou o sangue de ambos.

Deslizando para fora do abrigo quente e delicioso que recentemente ocupara, e tentando o melhor que podia posicionar-se de pé, Charlie recuou da aparição como de alguma ameaçadora serpente.

Quanto à doce Bella, tão logo avistou o intruso, cobrindo seu rosto com as mãos, encolheu-se no banco que havia sido a testemunha silenciosa de seus prazeres, e assustada demais para pronunciar um som sequer, aguardou com toda presença de espírito que conseguiu reunir para enfrentar a tempestade que se formava.

Ela não teve de se manter em suspense por muito tempo.

Avançando rapidamente em direção ao culpado casal, o recém-chegado agarrou o rapaz pelo braço e, com um severo gesto de autoridade, ordenou-lhe que recompusesse a desordem de suas roupas.

— Menino degenerado — silvou ele entre os dentes. — O que foi que você fez? Até que ponto seus impulsos desvairados e selvagens o levaram? Como você enfrentará a fúria de seu pai justamente ofendido? Como apaziguar o feroz ressentimento dele quando, no exercício de meu dever sagrado, eu o notificar do malfeito cometido pela mão de seu único filho?

Depois que o falante se calou, ainda segurando Charlie pelo pulso, avançou para a luz do luar e revelou-se a figura de um homem de seus quarenta e cinco anos, baixo, atarracado e algo corpulento. Sua face, decididamente bela, tornava-se ainda mais atraente por um par de olhos brilhantes, que, pretos como carvão, lançavam à sua volta ferozes olhares de indignação passional. Usava um hábito clerical, cujo talhe sóbrio e cujo capricho comedido e discreto apenas ressaltavam com mais proeminência suas proporções notavelmente musculosas e sua impressionante fisionomia.

Charlie parecia, como, de fato, não poderia deixar de ser, tomado de confusão. Logo, porém, para seu infinito e egoístico alívio, o severo intruso voltou-se para a jovem parceira de seu divertimento libidinoso.

— Quanto a você, garota miserável, posso apenas expressar meu mais extremo horror e minha mais justificada indignação. Igualmente esquecida dos preceitos da santa madre igreja, indiferente à sua honra, você permitiu que este garoto pecaminoso e insolente colhesse o fruto proibido? O que lhe resta agora? Desprezada por seus amigos e expulsa da casa de seu tio, você pastará entre as bestas do campo, como o Nabucodonosor da Antiguidade,[3] evitada como um contágio pela sua própria espécie, coletará de bom grado seu miserável sustento nas beiras de estrada. Oh, filha do pecado, criança entregue à luxúria e a Satã. Eu te digo...

O estranho havia chegado a este ponto de sua abjuração da infortunada garota, quando Bella, erguendo-se de sua posição encolhida, saltou sobre seus pés e juntou suas lágrimas e rogos de perdão aos de seu jovem amante.

— Não fale mais nada — continuou por fim o severo sacerdote. — Não fale mais nada. Confissões de nada adiantam, e humilhações não farão mais que agravar sua ofensa. Minha mente me impele a hesitar em meu dever neste triste caso, mas se eu obedecer os ditames das minhas atuais inclinações, devo ir direto aos seus guardiões naturais e pô-los imediatamente a par da natureza infame desta minha descoberta casual.

---

[3]Trata-se de uma referência à figura bíblica de Nabucodonosor I. Ver Daniel 5:21.

— Oh, por compaixão, tenha piedade de mim — rogou Bella, cujas lágrimas agora corriam por suas belas faces, tão recentemente inflamadas de prazer libertino.

— Poupe-nos, padre, poupe-nos a ambos. Nós faremos qualquer coisa que estiver em nosso poder para obtermos reparação. Seis missas e diversos padres-nossos deverão ser rezados por nossa conta e custo. A peregrinação à capela de Santo Engolfo,[4] da qual o senhor me falou outro dia, agora deverá por certo ser feita. Estou disposto a qualquer coisa, qualquer sacrifício, se o senhor poupar minha querida Bella.

O sacerdote ergueu sua mão num gesto de silêncio. Depois falou, enquanto timbres de piedade se mesclavam à sua natural severidade e suas maneiras resolutas.

— Basta — disse ele. — Eu preciso de tempo. Devo invocar a assistência da Virgem Bendita, que não conheceu pecado, mas, sem gozar dos deleites da cópula mortal, deu à luz o bebê dos bebês na manjedoura de Belém. Procure-me amanhã na sacristia, Bella. Naquelas dependências eu lhe revelarei a vontade Divina quanto à sua transgressão. Às duas horas eu estarei à sua espera. Quanto a você, rapaz imprudente, devo reservar meu julgamento, e toda ação

[4] St. Engulphus, no original. Trata-se possivelmente de uma variação do nome de St. Gengulphus, ou São Gangulfo, em português, cavaleiro e cortesão da Burgúndia, cantado em alguns versos humorísticos medievais ingleses, como *A Lay of St. Gengulphus*. Era casado com uma mulher da nobreza, que o traía amiúde. Envergonhado, retirou-se para uma ermida em suas terras, passando a viver em isolamento e contemplação. No entanto, foi assassinado com um golpe de lança em seu leito, pelo amante da esposa. É tido como santo protetor contra o adultério. O nome Engulphus remete ao verbo *to engulf*, que significa devotar-se plenamente a algo, mas também "engolfar", "engolir".

correspondente a ele, até o dia seguinte, quando à mesma hora eu igualmente o esperarei.

Mil agradecimentos foram vertidos das gargantas unidas dos penitentes quando o padre alertou a ambos para que partissem. A noite há muito se fechara, e o sereno noturno subia imperceptivelmente.

— Por enquanto, boa-noite e vão em paz. Seu segredo está seguro comigo, até que nos encontremos novamente — disse o padre, e desapareceu.

II

A CURIOSIDADE de conhecer a sequência de uma aventura pela qual eu já sentia tanto interesse, assim como uma terna solicitude pela gentil e afável Bella, compeliu-me a me fixar em suas vizinhanças, e eu, portanto, tomei cuidado para não irritá-la com quaisquer assédios resolutos demais de minha parte, ou provocar resistência a um ataque inoportuno nalgum momento em que o sucesso de meus propósitos tornasse necessário permanecer ao alcance das intervenções daquela jovem dama.

Não devo sequer tentar descrever o período miserável por que passou minha jovem protegida durante o intervalo transcorrido entre a chocante descoberta do santo padre confessor e o horário por ele determinado para a entrevista na sacristia, a qual deveria decidir o destino da desafortunada Bella.

Com passos trêmulos e olhos baixos, a assustada menina apresentou-se ao pórtico e bateu à porta.

Esta se abriu e o padre apareceu no umbral.

A um sinal, Bella entrou e parou diante da imponente presença do homem sagrado.

Um embaraçoso silêncio de alguns segundos se seguiu. O padre Ambrose foi o primeiro a quebrar o encanto.

— Você agiu certo, minha filha, vindo até mim com tanta pontualidade. A pronta obediência do penitente é o primeiro sinal do espírito com que se obtém o divino perdão.

Diante dessas graciosas palavras, Bella tomou coragem, e já um peso pareceu aliviar-se de seu coração.

O padre Ambrose prosseguiu, sentando-se ao mesmo tempo num longo banco almofadado que cobria um enorme baú de carvalho.

— Eu pensei muito, e orei muito por você, minha filha. Por algum tempo parecia não haver qualquer caminho pelo qual eu pudesse absolver minha consciência, além de procurar seu protetor natural e desfiar perante ele o pavoroso segredo de que me tornei o infeliz detentor.

Aqui ele fez uma pausa, e Bella, que conhecia bem o caráter severo de seu tio, de quem ela dependia inteiramente, tremeu ao ouvir tais palavras.

Tomando a mão dela nas suas e conduzindo-a gentilmente até o mesmo banco, de forma a posicionar-se de joelhos diante dele, enquanto sua mão direita pressionava o ombro de formas arredondadas da garota, ele prosseguiu:

— Mas fere-me pensar nos terríveis resultados que se seguiriam a tal revelação, e eu roguei pela assistência da Virgem Bendita para resolver meu problema. Ela apontou-me um modo que, servindo ao mesmo tempo aos fins da nossa santa igreja, provavelmente evitará as consequências de sua ofensa chegar ao conhecimento de seu tio. A primeira necessidade que esse caminho impõe é, porém, a obediência irrestrita.

Bella, muito exultante ao saber que havia uma saída para seu problema, prontamente jurou a mais cega obediência ao comando de seu pai espiritual.

A adolescente continuava ajoelhada aos pés dele. O padre Ambrose curvou sua grande cabeça por sobre o corpo persignado da garota. Um matiz quente incendiou-lhe as faces, um estranho fogo dançou nos seus olhos ferozes: as mãos dele tremeram ligeiramente enquanto repousavam nos ombros de sua penitente, mas sua compostura era, à excessão disso isso, serena. Sem dúvida seu espírito estava agitado pelo conflito que se desenrolava em seu interior, entre o dever que tinha de cumprir e o tortuoso caminho com o qual esperava evitar a horrível exposição.

O santo padre, então, começou um longo sermão sobre a virtude da obediência e a absoluta submissão à orientação do ministro da santa igreja.

Bella reiterou suas garantias de total resignação e obediência em todas as coisas.

Enquanto isso, parecia-me evidente que o sacerdote era vítima de algum espírito contido porém rebelde que se manifestava dentro de si, e por vezes quase irrompia em completa possessão por seus olhos flamejantes e por seus lábios ardentemente apaixonados.

O padre Ambrose atraiu com gentileza a bela penitente cada vez mais para perto, até que seus doces braços apoiaram-se sobre os joelhos dele, e sua face, voltada para baixo em pia resignação, quase afundando entre suas mãos.

— E agora, minha criança — continuou o homem santo —, é hora de eu lhe contar os meios que me foram condescendentemente apontados pela Virgem Bendita, que são os únicos pelos quais posso ser absolvido da responsabilidade de expor a sua ofensa. Há espíritos prestimosos aos quais foi confiado aliviar aquelas paixões e exigências que os servos da igreja são proibidos de admitir abertamente, mas de cuja satisfação, quem poderia duvidar, sentem necessidade. Esses poucos escolhidos são selecionados principalmente entre aqueles que já trilharam muitas vezes o caminho da indulgência carnal. A eles é conferido o solene e sagrado dever de mitigar os desejos mundanos de nossa comunidade religiosa no mais estrito segredo. A você — sussurrou o padre, com voz trêmula de emoção, e suas grandes mãos passando, em suave transição, dos ombros de sua penitente para sua esguia cintura. — A você, que já uma vez provou do supremo prazer da cópula, compete assumir esse sagrado ofício. Não apenas o seu pecado será assim apagado e redimido, mas ser-lhe-á permitido saborear de maneira legítima aqueles deleites extáticos, aquelas sobrepujantes sensações de gozo arrebatador, que nos braços dos servos féis da igreja você terá todas as vezes a certeza de encontrar. Você nadará num oceano de prazer sensual, sem incorrer nas penalidades do amor ilícito. Sua remissão se seguirá a cada ocasião em que ceder seu doce corpo para a gratificação da igreja, por meio de seus ministros, e será recompensada e sustida no trabalho piedoso por testemunhar, e não só isso, Bella, por compartilhar plenamente daquelas intensas e férvidas emoções que o delicioso desfrute de sua linda presença deve provocar.

Bella ouviu essa proposta insidiosa com sentimentos combinados de surpresa e prazer. Os sentimentos selvagens e lascivos de sua natureza fogosa foram imediatamente despertados pelo quadro que agora se apresentava à sua imaginação férvida. Como poderia ela hesitar?

O pio sacerdote atraiu seu corpo complacente para si, e imprimiu um longo e quente beijo sobre seus lábios corados.

— Santa Mãe de Deus — murmurou Bella, cujos instintos sexuais a cada momento se tornavam mais plenamente estimulados. — Isso é demais para que eu possa suportar... eu anseio, estou curiosa... mas não sei por quê!

— Doce inocente, caberá a mim instruí-la. Em minha pessoa encontrará seu melhor e mais adequado preceptor nesses exercícios que de agora em diante você terá de cumprir.

O padre Ambrose mudou ligeiramente de posição. Foi então que Bella notou pela primeira vez a expressão inflamada de sensualidade que agora quase chegava a assustá-la.

Foi nesse momento, também, que ela tomou consciência da enorme protuberância na frente da sotaina de seda do santo padre.

O excitado sacerdote já mal se preocupava em ocultar sua condição ou seus intentos.

Agarrando a bela criança em seus braços ele a beijou longa e apaixonadamente. Pressionou o corpo dela à sua corpulenta pessoa e avançou rudemente para diante num contato íntimo com aquela graciosa forma.

Finalmente a lascívia profunda em que ele ardia transportou-o para além de todas as fronteiras, e liberando parcialmente Bella do confinamento de seu candente abraço, abriu a parte frontal de sua batina e expôs, sem qualquer rubor, aos olhos atônitos de sua jovem penitente, um membro de proporções gigantescas que, não menos que seu turgor e rigidez, confundiram-na por completo.

É impossível descrever as sensações produzidas na delicada Bella pela repentina exibição daquele formidável instrumento.

Seus olhos cravaram-se instantaneamente naquilo, enquanto o padre, notando o seu assombro, mas detectando corretamente que nisso não havia nada que implicasse alarme ou apreensão, depositou-o friamente nas mãos dela. Foi então que Bella ficou desenfreadamente excitada ao contato muscular daquela coisa tremenda.

Como tinha visto apenas as proporções muito moderadas exibidas por Charlie, teve suas sensações mais lascivas rapidamente despertadas por um fenômeno tão notável e, agarrando o enorme objeto o melhor que podia com suas mãozinhas macias, prostrou-se ao lado deste num êxtase de sensual deleite.

— Santa Mãe de Deus, isto já é o paraíso! — murmurou Bella. — Oh, padre, quem teria acreditado que eu seria selecionada para tamanho prazer!

Isso foi demais para o padre Ambrose. Ele ficou deliciado diante da lubricidade da sua doce penitente, e do sucesso de sua tramoia infame (pois havia planejado tudo, e agido como instrumento para aproximar os dois jovens amantes e permitir-lhes uma oportunidade para dar vazão aos seus temperamentos inflamados, ignorados por todos exceto por ele próprio, que, escondido nas proximidades, com olhos flamejantes, assistiu ao combate amatório).

Levantando-se às pressas, ergueu o corpo leve da jovem Bella e, após deitá-la sobre o assento almofadado em que estivera sentado há pouco, atirou as pernas roliças da menina para cima e separou ao máximo suas receptivas coxas, contemplando por um instante a deliciosa fenda rosada que se revelou abaixo de seu branco ventre. Então, sem dizer uma palavra, mergulhou sua face em direção a esta e, enfiando sua língua lasciva o mais fundo que pôde na bainha úmida, sugou-a tão saborosamente que Bella, num tremulante êxtase apaixonado, com seu corpo adolescente contraído em contorções espasmódicas de prazer, verteu uma copiosa emissão, que o santo homem sorveu como se fosse um manjar.

Por alguns momentos, tudo se acalmou.

Bella ficou deitada de costas, com seus braços estendidos de cada lado do corpo, e sua cabeça atirada para trás numa postura de deliciada exaustão que sucedeu as emoções frenéticas que pouco antes haviam sido ocasionadas pelas ações devassas do reverendo padre.

Seu peito ainda palpitava com a violência do arrebatamento que experimentara e seus lindos olhos permaneciam semicerrados num repouso lânguido.

O padre Ambrose era uma das poucas pessoas que, em circunstâncias como a que se apresentava, sentia-se capaz de manter os instintos da paixão sob controle. Longos exercícios de paciência na obtenção de seu objetivo, uma obstinação geral em suas maneiras e a cautela convencional de sua ordem não haviam se perdido em sua índole inflamada, e embora por natureza inadequado à sua vocação sagrada, e presa de desejos tão violentos quanto irregulares, havia aprendido por conta própria a disciplinar suas paixões até a mortificação.

É hora de erguer o véu sobre o verdadeiro caráter desse homem. Faço isso com respeito, mas a verdade tem de ser dita.

Padre Ambrose era a personificação viva da luxúria. Sua mente era, na realidade, devotada à busca desse sentimento, e seus instintos grosseiramente animalescos, sua constituição ardente e vigorosa, não menos que sua natureza duramente inflexível, faziam-no assemelhar-se, em corpo tanto quanto em espírito, aos sátiros da Antiguidade.

Mas Bella o conhecia apenas como o santo padre que havia não apenas perdoado sua ofensa, mas também lhe aberto o caminho para que ela pudesse, como supunha, desfrutar de maneira legítima daqueles prazeres que já praticava com tanta intensidade em sua imaginação juvenil.

O audacioso sacerdote, singularmente fascinado, não apenas com o sucesso do estratagema que havia posto em suas mãos uma vítima tão licenciosa, mas também com a extraordinária sensualidade do temperamento da garota e a evidente satisfação com que ela se entregava aos seus desejos, agora se punha indolentemente a colher os frutos de sua trapaça, e a refestelar-se o mais que pudesse no gozo que a posse de todos os delicados encantos de Bella poderia proporcionar para aplacar sua pavorosa luxúria.

Ela era sua enfim, e quando ele se levantou do corpo trêmulo da menina, seus lábios ainda impregnados com a farta evidência da contribuição dela para seus prazeres, seu membro tornou-se ainda mais assustadoramente duro e tumefeito, e a grosseira cabeça rubra reluzia com a pressão de sangue e músculo latejando sob ela.

Tão logo a jovem Bella se viu liberta do ataque feito por seu confessor sobre a parte mais sensível de seu corpo, já descrito por mim, e ergueu a cabeça da posição reclinada em que havia caído, seus olhos incidiram pela segunda vez sobre o grande porrete que o padre mantinha impudentemente exposto.

Reparou na longa e grossa haste branca e na massa crespa de pelos pretos da qual esta brotava, rigidamente inclinada para cima, e projetada de sua extremidade a cabeça oval, desnuda e encarnada, que parecia convidar sua mão ao contato.

Bella tomou essa grossa massa muscular de carne tesa e, incapaz de resistir à sua inclinação, lançou-se uma vez mais e agarrou-a em seu pulso. Apertou-a, pressionou-a, puxou as dobras de pele para trás e observou a bolota exposta, como que inclinada na sua direção. Viu com maravilhamento o pequenino orifício semelhante a uma ranhura em sua extremidade e, tomando-a em ambas as mãos, manteve-a pulsando perto de seu rosto.

— Oh! Padre, que coisa linda — exclamou ela. — E que imensa, também. Oh! Por favor, meu querido padre Ambrose, conte-me o que devo fazer para aliviá-lo desses sentimentos que o senhor me disse causarem tanto sofrimento e desconforto aos sagrados ministros da religião.

Padre Ambrose quase sentia-se excitado demais para responder, mas tomando as mãos dela nas suas, mostrou à inocente garota como mover seus brancos dedos para cima e para baixo sobre a glande de sua coisa medonha.

O prazer que ele sentiu foi intenso, e o de Bella dificilmente poderia ser menor.

Ela continuou a esfregar-lhe o membro com suas palmas macias e, olhando inocentemente nos olhos do padre, perguntou-lhe suavemente "se aquilo lhe dava prazer, se era satisfatório e se podia continuar, como estava fazendo".

Enquanto isso, o reverendo padre sentia seu grande pênis ficar mais ereto e ainda mais rijo com a excitante bolinação da adolescente.

— Espere um momento. Se você continuar a esfregá-lo assim eu vou gozar — disse ele com brandura. — Será melhor adiar um pouco.

— Gozar, meu padre — perguntou Bella, ansiosa —, o que é isso?

— Ah, doce garota, igualmente encantadora por sua beleza e sua inocência; como você cumpre divinamente sua missão divina — exclamou Ambrose, deliciado por corromper e aviltar a evidente inexperiência de sua jovem penitente.

— Gozar é completar o ato por meio do qual o prazer venéreo é desfrutado em sua plenitude, e então uma farta quantidade de um espesso fluido branco escapa da coisa que você agora segura em suas mãos e, projetando-se para diante, proporciona igual prazer àquele que o ejeta e à pessoa que, de uma maneira ou de outra, o recebe.

Bella lembrou-se de Charlie e seu êxtase, e soube imediatamente o que aquilo significava.

— Esse derramamento lhe trará alívio, meu padre?

— Sem dúvida, minha filha. É esse férvido alívio que eu tenho em vista, e ofereço a você a oportunidade de receber de mim o bem-aventurado sacrifício de um dos mais humildes servos da igreja.

— Que maravilha — murmurou Bella. — Por meu intermédio essa torrente tão rica irá fluir, e só para mim o santo homem oferece tal consequência de seu prazer — como estou feliz por poder lhe dar tanta satisfação.

Enquanto ela em parte ponderava, em parte pronunciava esses pensamentos, sua cabeça curvou-se para baixo. Um tênue, mas intensamente sensual aroma se ergueu do objeto de sua adoração. Ela pressionou seus lábios úmidos sobre a ponta, cobriu o pequeno orifício em forma de fenda com sua adorável boca, e imprimiu sobre o membro incandescente um beijo fervoroso.

— Como se chama esse fluido? — perguntou Bella, erguendo mais uma vez o seu rostinho bonito.

— Ele tem vários nomes — respondeu o homem santo —, conforme a posição social da pessoa que os emprega; mas entre nós, minha filha, vamos chamá-lo de porra.

— Porra! — repetiu Bella, com inocência, fazendo com que a palavra erótica saísse de seus doces lábios como uma unção que era natural diante das circunstâncias.

— Sim, minha filha, porra é a palavra pela qual eu quero que você o conheça. E neste momento você deve ser fartamente regada por essa preciosa essência.

— Como eu devo recebê-la? — inquiriu Bella, lembrando de Charlie, e da tremenda diferença ao se comparar seu instrumento e o pênis gigantesco e inchado que agora se encontrava em sua presença.

— Há várias maneiras, todas as quais você deverá aprender, mas no presente nós temos uma acomodação inadequada para o ato principal do coito reverencial, daquela cópula permitida da qual já lhe falei. Nós devemos, portanto, providenciar outro método mais fácil, e em vez de eu descarregar a essência chamada porra dentro do seu corpo, para onde a estreiteza extrema dessa sua fendinha sem dúvida fará com que ela flua em abundância, nós começaremos pela fricção dos seus dedos obedientes, até chegar o momento em que eu sinta a aproximação daqueles espasmos que precedem a emissão. Você deverá então, ao meu sinal, posicionar o máximo possível a cabeça desta coisa entre seus lábios, e ali suportar que eu deságue aos poucos o tal fluido, até que a última gota tenha sido expelida, quando devo me retirar satisfeito, ao menos por enquanto.

Bella, cujos instintos zelosos induziam-na a apreciar a descrição que seu confessor oferecia, e que estava quase tão ansiosa quanto ele para a consumação desse ultrajante programa, expressou prontamente sua disposição de cooperar.

Ambrose mais uma vez posicionou seu grande pênis nas mãos doces de Bella.

Excitada igualmente pela visão e pelo toque de tão notável objeto, que com ambas as mãos agora agarrava com deleite, a garota se pôs em ação, titilando, esfregando e apertando aquela coisa enorme e rija, de um modo que proporcionou ao sacerdote licencioso o mais pungente prazer.

Não contente com a fricção de seus delicados dedos, Bella, pronunciando palavras de devoção e beatitude, posicionou a cabeça espumante entre seus lábios rosados, esperando que seus toques, não menos que os movimentos deslizantes de sua língua, provocassem a deliciosa ejaculação da qual ela estava a espera.

Esta quase foi além do que o santo sacerdote havia antecipado, pois ele dificilmente suporia poder encontrar uma discípula tão predisposta ao ataque irregular que havia proposto; e tendo os seus sentidos sido excitados a extremos pela deliciosa estimulação que agora experimentava, preparou-se para inundar a boca e a garganta da adolescente com o farto fluxo de sua poderosa descarga.

Ambrose começou a sentir que não conseguiria se demorar muito sem deixar escapar a sua gala, dando assim por encerrado o seu prazer.

Ele era um daqueles homens extraordinários, cuja abundância da ejaculação seminal ia muito além da dos seres medíocres. Não apenas tinha ele o dom singular de desempenhar repetidas vezes o ato venéreo sem nada mais do que uma pausa muito curta, mas além disso a quantidade com a qual finalizava seu prazer era tão tremenda quanto incomum. A superabundância parecia provir dele em proporção direta à excitação de suas paixões animais e quanto maiores eram a intensidade e a grandeza de seus desejos libidinosos, assim também o eram os jorros capazes de aliviá-los.

Foi sob tais circunstâncias que a gentil Bella assumiu a tarefa de liberar os caudais reprimidos da luxúria daquele homem. Sua doce boca seria destinada a se tornar o recipiente daqueles volumes espessos e viscosos, dos quais não havia ainda experimentado e, tão ignorante era sobre o efeito do alívio que estava tão ansiosa em administrar que a bela moça desejava consumar de imediato o seu labor e o transbordar daquele líquido de que o bom padre lhe havia falado.

Cada vez mais duro e quente ficava o exuberante membro à medida que os lábios excitantes de Bella pressionavam sua grande cabeça e a língua da menina brincava em torno da pequena abertura. As duas mãos alvas puxaram a pele macia para baixo da glande e alternadamente titilavam a extremidade inferior.

Por duas vezes Ambrose, incapaz de suportar sem gozar o delicioso contato, retirou a ponta do meio dos lábios róseos da moça.

Por fim Bella, impaciente pela demora e aparentemente determinada a aperfeiçoar sua tarefa, lançou-se para a frente com mais energia do que nunca sobre a haste rígida.

Instantaneamente, instalou-se um rigor nos membros do bom sacerdote. Suas pernas se abriram em toda a sua extensão de cada lado da penitente. Sua mão agarrou-se convulsamente às almofadas, seu corpo se lançou para a frente e se esticou.

– Oh, santo Cristo! Eu vou gozar! – exclamou, enquanto com lábios separados e olhos vidrados lançou um último olhar sobre sua inocente vítima. Depois estremeceu perceptivelmente, e com gemidos baixos e curtos, seguidos por gritos histéricos, seu pênis, em obediência à provocação da jovem dama, começou a jorrar um volumoso fluido espesso e grumoso.

Bella, sensível às erupções, que agora espirravam jato após jato em sua boca e escorriam numa correnteza por sua garganta abaixo, ouvindo os gritos de seu companheiro e percebendo com intuição imediata que ele desfrutava do efeito mais intenso que ela poderia provocar, continuou esfregando e comprimindo até ficar engasgada com a descarga viscosa, e quase sufocada pela sua abundância, foi obrigada a largar aquela seringa humana, que continuou a cuspir seus jatos no rosto dela.

– Santa Mãe de Deus! – exclamou Bella, cujos lábios e face estavam lambuzados com a porra do padre. – Santa Mãe! Que prazer eu tive... e o senhor, meu Padre, eu não lhe dei o precioso alívio pelo qual o senhor ansiava?

O padre Ambrose, agitado demais para responder, ergueu a delicada garota em seus braços e pressionando-lhe a boca lambuzada à sua própria, sugou úmidos beijos de gratidão e prazer.

Um quarto de hora se passou em tranquilo repouso, sem que fossem interrompidos por qualquer sinal de perturbação vinda de fora. A porta estava trancada, e o santo padre havia escolhido bem o seu horário.

Enquanto isso, Bella, cujos desejos haviam sido terrivelmente excitados pela cena que acabamos de tentar descrever, concebera o desejo extravagante de que se desempenhasse sobre ela a mesma operação, com o rígido membro de Ambrose, que havia sofrido com a arma de moderadas proporções de Charlie.

Atirando seus braços em torno do pescoço robusto de seu confessor, ela sussurrou em tom baixo palavras convidativas, assistindo, enquanto o fazia, ao efeito que isso produzia no instrumento já enrijecido entre as pernas dele.

— O senhor me disse que a estreiteza desta fendinha — e neste ponto Bella posicionou a grande mão do padre sobre ela com delicada pressão — faria com que descarregasse em abundância a porra que possui. O que eu não daria, meu padre, para senti-lo se derramar do topo dessa coisa rubra para dentro do meu corpo?

Era evidente o quanto a beleza da jovem Bella, não menos que a inocência e a "ingenuidade" de seu caráter, inflamavam a natureza sensual do padre. O conhecimento de seu triunfo — do completo abandono da garota em suas mãos — e da delicadeza e refinamento de que ela era dotada, tudo conspirava para levar ao extremo os desejos lascivos produzidos por seus instintos ardentes e libertinos. Ela era sua. Sua para que dela desfrutasse como bem entendesse — sua para ser subjugada a cada capricho de sua medonha lascívia, e para curvar-se à satisfação da mais ultrajante e desenfreada sensualidade.

— Oh, pelo paraíso celestial! Isso é demais — exclamou Ambrose, cuja concupiscência, já reacesa, agora entrava violentamente em atividade diante de tal solicitação. — Doce menina, você não sabe o que pede; a desproporção é terrível, e você sofrerá muito durante a tentativa.

— Eu sofreria qualquer coisa — respondeu Bella — para que pudesse sentir esse objeto feroz em meu ventre, e provar os jorros de sua porra dentro de mim até o fundo.

— Santa Mãe de Deus! Isso é demais! Você a terá, Bella, você conhecerá esta máquina rígida em cada medida e, minha doce menina, imergirá num oceano de cálido gozo.

— Ah, meu padre, que alegria celestial!

— Dispa-se, Bella, remova tudo o que possa interferir nos nossos movimentos, que eu lhe prometo que serão bastante intensos.

Diante dessa ordem, Bella logo se desfez de suas vestes, e descobrindo que o Confessor parecia encantado diante de sua beleza exposta, e que seu membro se turgescia e alongava à medida que ela exibia sua nudez, separou-se do último vestígio de vestimenta e postou-se diante dele tão nua como quando nasceu.

O padre Ambrose ficou atônito diante da graça com que se defrontava. Os quadris bem formados, os seios em flor, a pele branca como neve e sedosa como cetim, as nádegas arredondadas e as coxas roliças, a barriga plana e alva e o adorável monte coberto apenas com a mais fina penugem; e acima de tudo a encantadora fenda rosada que ora se exibia no sopé do monte, ora se escondia timidamente entre as coxas fartas. Então, com um resfolegar de exaltada luxúria, caiu sobre sua vítima.

Ambrose prendeu-a fortemente em seus braços. Pressionou o corpo macio e afogueado da garota ao seu peito robusto. Cobriu-a com seus beijos impudicos e concedeu à sua língua lúbrica todas as licenças, prometeu à menina todo o júbilo do Paraíso pela introdução da grande máquina que possuía através de sua fenda e ventre.

Bella recebeu-o com um gritinho de êxtase, e enquanto o excitado violador a conduzia de costas até o divã, já sentia a cabeça rombuda e esbraseada do pênis gigantesco exercer pressão contra os lábios quentes e úmidos de seu orifício quase virgem.

A então o homem santo, encontrando prazer no contato de seu falo com os lábios quentes da racha de Bella, começou a forçá-lo entre eles com toda a sua energia, até que a volumosa glande estivesse coberta com o orvalho que a pequenina e sensível bainha exsudava.

As paixões de Bella atingiram uma intensidade febril. Os esforços do padre Ambrose para alojar a cabeça de seu membro entre os lábios molhados de sua pequenina fenda, longe de dissuadi-la, estimulavam-na enlouquecedoramente até que, com outro grito tênue, caiu prostrada e esguichou o viscoso tributo de sua índole lasciva.

Isso era exatamente o que o audacioso padre queria, e quando a doce e morna emissão encharcou seu pênis ferozmente distendido, introduziu-o com um movimento resoluto, e de um só golpe embainhou metade do seu considerável comprimento na linda garotinha.

Tão logo Bella sentiu a dura penetração do falo terrível no seu corpo tenro, perdeu por completo o pouco autocontrole que possuía, e pondo de lado toda preocupação com a dor que experimentava, envolveu com suas pernas o quadril do homem e rogou ao seu imenso atacante que não a poupasse.

— Minha doce e deliciosa criança — sussurrou o padre devasso. — Meus braços estão em volta de seu corpo, minha arma já penetrou pela metade em seu pequenino e apertado ventre. As felicidades do Paraíso serão suas num instante.

— Oh, eu sei; eu as sinto, não recue, ofereça-me essa delícia o mais intensamente que puder.

— Ei-la, então, eu empurro, eu pressiono, mas meu tamanho é grande demais para penetrá-la com facilidade. Possivelmente eu a fira; mas agora é tarde demais. Eu devo possuí-la — ou morrer.

As partes de Bella relaxaram um pouco, e Ambrose meteu mais uma polegada. Seu membro pulsante ficou esfolado e encharcado, enfiado até a metade no ventre da pequenina garota. Seu prazer foi o mais intenso, e a cabeça de seu instrumento era deliciosamente comprimida pela vagina de Bella.

— Vá em frente, querido padre. Eu estou à espera da porra que o senhor me prometeu.

Pouca necessidade havia desse estímulo para induzir o confessor a exercitar sua tremenda potência para a cópula. Ele empurrou o corpo freneticamente para diante; imergiu seu pênis excitado cada vez mais fundo a cada esforço, e em seguida, com uma estocada extrema, enterrou-se até os testículos no leve corpinho de Bella.

Foi então que a arremetida do brutal sacerdote se tornou mais do que sua doce vítima, por mais que se apegasse aos seus próprios desejos extremos, podia suportar.

Com um débil guincho de agonia física, Bella sentiu que seu violador havia rompido todas as resistências que sua juventude havia imposto à penetração daquele falo, e a tortura da inserção forçada de tamanha massa desfez as sensações erógenas com que ela havia começado a suportar o ataque.

Ambrose gritou alto de arrebatamento, baixando os olhos para a doce criatura que sua serpente havia picado. Ele se regozijou sobre a vítima, agora empalada no pleno rigor de seu imenso aríete. Sentiu o contato enlouquecedor com inexprimível beatitude. Viu-a estremecer de agonia com sua entrada forçada. Sua natureza brutal estava completamente excitada. Viesse o que viesse, ele gozaria daquilo ao máximo, por isso enlaçou a linda garota com seus braços e ofereceu-lhe seu membro robusto em sua medida plena.

– Minha belezinha! Você é realmente excitante e deve também gozar. Eu lhe oferecerei a porra de que lhe falei, mas antes devo incitar minha natureza com esta luxuriante estimulação. Beije-me, Bella, depois você a terá, e quando o gozo quente deixar meu corpo e penetrar suas jovens partes, sentirá as delícias palpitantes que eu também experimento. Aperte, Bella, deixe-me enfiar, isso, minha criança, agora ele entra de novo. Ah! Ah!

Ambrose levantou-se por um momento e notou que a imensa verga cingida pela maravilhosa fendinha de Bella estava agora intensamente tesa.

Firmemente incrustado em sua bainha lasciva e saboreando avidamente a extraordinária estreiteza das pregas quentes daquela carne jovem que agora o envolviam, ele acelerou, alheio à dor que seu falo suplicante produzia, e ansioso apenas para assegurar quanto prazer pudesse para si próprio. Não era homem para se deter por qualquer falsa noção de piedade em casos como aquele, e agora cravava-se ao máximo, enquanto seus lábios quentes sugavam deliciosos beijos da boca aberta e trêmula da pobre Bella.

Por alguns minutos nada ali se ouvia a não ser os golpes espasmódicos com que o sacerdote libertino prosseguia seu divertimento, e o chlep-chlep do imenso pênis, enquanto alternadamente penetrava e se retirava do ventre da linda penitente.

Não se deve supor que um homem como Ambrose ignorasse o tremendo poder de gozo que seu membro podia provocar em alguém do sexo oposto, e que com seu tamanho e uma capacidade de ejaculação de tal natureza, poderia recrutar as mais poderosas emoções na jovem garota sobre quem operava.

Mas a natureza fez valer seus direitos na pessoa da jovem Bella. A agonia do estiramento foi rapidamente engolida pelas intensas sensações de prazer produzidas pela arma vigorosa do santo homem, e não demorou para que os gemidos baixos e os soluços da bela criança se misturassem a expressões, meio sufocadas pela intensidade de seus sentimentos, que manifestavam prazer.

– Oh, meu padre! Oh, meu querido, generoso padre! Agora, agora, mais. Oh! Mais. Eu aguento – eu quero. Estou no paraíso! O instrumento bendito tem uma cabeça tão quente. Oh! Meu coração. Oh! Minha... oh! Santa Mãe de Deus, o que é isso que estou sentindo?

Ambrose viu o efeito que estava produzindo. Seu próprio prazer avançava a passos rápidos. Ele conduzia seu membro para dentro e para fora com regularidade, oferecendo a Bella a longa e dura haste de seu membro até os pelos crespos que cobriam suas grandes bolas, a cada safanão para diante.

Finalmente, Bella se entregou, e recompensou aquele homem eletrizado e arrebatado com uma quente emissão que escorreu por toda a sua verga rígida.

É impossível descrever o frenesi de luxúria que então se apossou da jovem e encantadora Bella. Ela se agarrou com desesperadora tenacidade à figura corpulenta do sacerdote, que concedeu ao corpo arfante e voluptuoso a plena força e vigor de suas estocadas viris. Ela, por sua vez, prendeu-o até a raiz em sua bainha estreita e lisa.

Mas em seu êxtase Bella nunca perdeu de vista a prometida perfeição do gozo. O homem santo deveria despender nela o seu sêmen como Charlie havia feito, e o pensamento acrescentou lenha à fogueira da sua luxúria.

Quando, por fim, o padre Ambrose, cingindo com seus braços a cintura estreita da garota, meteu seu garanhão até o cauda na boceta de Bella e, soluçando, sussurrou que a "porra" estava a caminho por fim, a garota excitada, abrindo ao máximo suas pernas, com gritinhos incentivadores de prazer, deixou que ele emitisse seu fluido, até então contido, como uma chuva sobre suas próprias vísceras.

Assim ele quedou por dois minutos inteiros, enquanto a cada injeção quente e impetuosa do sêmen viscoso, Bella dava plenas evidências, por seus espasmos e gritos, do êxtase que a poderosa descarga produzia.

III

Não creio que tenha jamais sentido minha infeliz debilidade no que diz respeito à incapacidade natural de me ruborizar de maneira mais aguda que na presente ocasião. Mas até mesmo uma pulga poderia ter corado diante da visão impudica que se impôs à sua vista na circunstância que aqui registrei. Uma garota tão jovem, aparentemente tão inocente, e no entanto tão libertina, tão lasciva em suas inclinações e desejos. Uma pessoa de infinito frescor e beleza – uma mente de sensualidade inflamada, atiçada pelo transcorrer casual dos eventos num vulcão ativo de devassidão.

Eu bem poderia exclamar como o poeta da Antiguidade: "Oh, Moisés!", ou como os mais práticos descendentes do Patriarca: "Pelas barbas de Moisés!".

É desnecessário falar da mudança por que todo o ser de Bella passou depois de experiências tais como essas que relatei. Elas foram manifestas e aparentes em seu comportamento e em suas maneiras.

Qual foi o destino de seu jovem amante eu nunca soube nem me dei ao trabalho de investigar, mas fui levado a crer que o santo padre Ambrose não era insensível àqueles gostos irregulares tão amplamente imputados à sua ordem, e que o rapaz acabou convencido, passo a passo, a "doar-se" não menos do que sua jovem amada à gratificação dos desejos insensatos do sacerdote.

Mas voltemos às minhas considerações que concernem à doce Bella.

Embora uma pulga não consiga se ruborizar, nós podemos "observar", e eu assumi a incumbência de registrar com pena e tinta todas aquelas passagens eróticas de minhas experiências que, creio, possam interessar aos que buscam a verdade. Nós sabemos escrever — ao menos esta pulga sabe —, caso contrário estas páginas não estariam agora diante do leitor, e isso basta.

Passaram-se vários dias até que Bella encontrasse uma oportunidade para visitar novamente seu admirador clerical, mas finalmente essa chance se apresentou e, como era de se esperar, ela prontamente se aproveitou disso.

Bella havia arranjado um meio de avisar Ambrose de sua intenção de visitá-lo, e aquele indivíduo astuto já estava adequadamente preparado para receber sua bela convidada, como havia feito anteriormente.

Bella, tão logo se viu sozinha com seu sedutor, atirou-se em seus braços e, pressionando o imenso corpanzil do homem à sua linda figura, distribuiu sobre ele as mais ternas carícias.

Ambrose não demorou para reagir à plenitude do fervoroso abraço da garota, e assim aconteceu que o casal se encontrou calorosamente engajado numa troca de beijos ardentes, recostando-se face a face sobre o banco bem almofadado a que aludi anteriormente.

Mas Bella provavelmente já não se contentaria apenas com beijos, ela desejava um prêmio mais sólido, e sabia por experiência que o padre poderia lhe dar.

Ambrose, por sua vez, não estava menos excitado. Seu sangue fluía aceleradamente, seus olhos escuros chispavam com indisfarçada luxúria, e a protuberância de sua veste exibia com toda obviedade a desordem dos seus sentidos.

Bella percebeu a condição em que ele se encontrava. Nem seus olhares inflamados, nem a evidente ereção, que ele não se dava ao trabalho de disfarçar, escaparam à garota – ela pretendia aumentar seus desejos, se possível, não diminuí-los.

Logo, porém, Ambrose mostrou-lhe que não requeria nenhum incentivo a mais, pois exibiu deliberadamente sua arma selvagemente distendida, num estado cuja simples visão deixou Bella desvairada de desejo. Em qualquer outro momento Ambrose teria sido mais contido em seus prazeres em vez de continuar assim tão cedo a agir sobre sua deliciosa pequena conquista. Nessa ocasião, porém, seus sentidos se amotinaram e ele foi incapaz de refrear o desejo sobrepujante de se satisfazer de uma vez e tão logo quanto possível com os encantos juvenis que lhe eram oferecidos daquela forma.

Já estava sobre o corpo dela. Seu grande volume cobriu a imagem da garota da forma mais poderosa e completa. Seu membro distendido avançava duramente de encontro ao estômago de Bella, e as roupas desta já se encontravam erguidas até a cintura.

Com mão trêmula, Ambrose apossou-se da fenda que ocupava o centro dos seus desejos – sofregamente, conduziu a ponta quente e escarlate de seu falo rumo àqueles lábios úmidos e receptivos. Pressionou, esforçou-se para penetrá-la – e teve sucesso. A imensa máquina foi lenta mas decidamente introduzida – cabeça e ombros já haviam desaparecido. Algumas estocadas firmes e deliberadas completaram a conjunção, e Bella recebeu toda a extensão do enorme membro excitado de Ambrose em seu corpo.

O violador ficou ofegando sobre o seio da menina, completamente possuído por seus mais íntimos encantos.

Bella, em cujo pequenino ventre a massa vigorosa estava de tal forma encravada, sentiu em toda potência os efeitos do quente e latejante intruso.

Enquanto isso, Ambrose começava a dar golpes rápidos para dentro e para fora. Bella atirou os braços em torno de seu pescoço, e enlaçou as lindas pernas vestidas de seda, muito atrevidamente, acima de seus quadris.

— Que delícia! — murmurou ela, beijando com arrebatamento os lábios grossos do amante. — Meta... meta mais forte. Oh, com que força ele abre caminho... como ele é imenso! Como é quente... como é... oh, meu Deus... oh!

E veio abaixo uma chuva do reservatório de Bella, em resposta às fortes estocadas recebidas, enquanto a cabeça da garota se deixava cair para trás e sua boca se abria nos espasmos do coito.

O sacerdote se conteve. Fez uma pausa de um instante, mas o latejar de seu longo falo bastava para anunciar sua condição; ele queria prolongar o prazer ao máximo.

Bella comprimiu a haste terrível com a parte mais íntima de seu corpo, e sentiu-o ficar mais ereto e ainda mais rijo, enquanto a cabeça purpúrea abria caminho para dentro de seu ventre juvenil.

Quase imediatamente depois disso o seu pesado amante, incapaz de adiar o gozo, sucumbiu à mais intensa, aguda e penetrante sensação, emitindo seu fluido viscoso.

— Oh, está vindo! — gritou a garota excitada. — Eu a sinto jorrar. Oh! Dê-me... mais... mais... verta tudo dentro de mim... meta mais forte; não me poupe! Ah, mais um jato! Mais... rasgue-me ao meio se quiser... mas deixe-me receber toda a sua porra.

Eu já comentei sobre a quantidade que o padre Ambrose era capaz de descarregar, mas nesse momento ele havia se superado. Havia-a armazenado por quase uma semana, e Bella agora recebia uma torrente tão tremenda da sua essência que a descarga parecia-se mais com a ação de uma seringa do que a ejaculação da genitália de um homem.

Por fim, Ambrose apeou, e Bella, ao ficar de pé mais uma vez, sentiu um filete pegajoso e gosmento escorrer lentamente por suas coxas roliças.

Mal o pároco havia se retirado dela quando a porta que dava para a igreja se abriu e, de olhos muito atentos, dois outros padres apareceram no umbral. Disfarçar era obviamente impossível.

— Ambrose! — exclamou o mais velho dos dois, um homem aparentemente entre os trinta e os quarenta anos de idade — isso é contra nossas regras e prerrogativas, as quais decretam que todos os jogos como esse devem ser feitos em comum.

— Aproveite, então — rugiu a pessoa a quem ele havia se dirigido. — Não é tarde demais... Eu ia lhes contar o que consegui, só que...

— Só que a deliciosa tentação desta jovem rosa desabrochada era demais para você, meu amigo — exclamou o outro, apoderando-se, enquanto falava, da espantada Bella, e impondo a grande mão por dentro de suas roupas até suas coxas macias.

— Eu vi tudo pelo buraco da fechadura — sussurrou o brutamontes no ouvido dela. — Não precisa se assustar, nós apenas vamos lhe dar o mesmo tratamento, minha querida.

Bella lembrou-se das condições de sua admissão ao conforto da igreja, e supôs que aquilo não passava de mais uma parte de seus novos deveres. Abandonou-se, portanto, sem resistência aos braços do recém-chegado.

Enquanto isso, o companheiro deste havia passado seu braço forte em torno da cintura de Bella, e coberto de beijos as suas faces delicadas.

Ambrose parecia estúpido e desconcertado.

A jovem dama viu-se assim entre dois fogos, sem falar na paixão em combustão lenta de seu possessor original. Em vão ela olhava de um para o outro na esperança de uma trégua, de algum meio de se desvencilhar de seu apuro.

Pois, é bom que se saiba, embora ela tivesse se entregado inteiramente à posição a que a astúcia do padre Ambrose a havia consignado, uma sensação corporal de fraqueza e medo de seus novos assediantes quase a dominou.

Bella não via nada além de lascívia e desejo voraz nos aspectos dos recém-chegados, ao passo que a passividade de Ambrose desarmava qualquer pensamento de defesa de sua parte.

Os dois homens agora a mantinham entre si, e enquanto o primeiro que lhe dirigira a palavra avançava com sua mão até a fenda rosada, o outro não perdeu tempo para se apossar das bochechas arredondadas de suas nádegas fartas.

Posicionada entre ambos, Bella estava impossibilitada de qualquer resistência.

— Esperem um momento — manifestou-se finalmente Ambrose. — Se vocês estão determinados a desfrutá-la, pelo menos dispam-na sem rasgar suas roupas em trapos, como ambos parecem inclinados a fazê-lo.

— Dispa-se, Bella — prosseguiu ele. — Nós todos devemos compartilhar de você, ao que parece. Por isso, prepare-se para se tornar o instrumento voluntário de nossos prazeres somados. Nosso convento contém outros não menos exigentes do que eu, e seu ofício não será nenhuma sinecura, por isso é melhor que você jamais se esqueça dos privilégios que foi convocada a cumprir, e que esteja pronta a aliviar estes homens sagrados dos desejos torturantes que já sabe como mitigar.

Recebida essa ordem, não havia alternativa.

Bella parou despida diante dos três vigorosos sacerdotes. Murmúrios de encanto partiram de todos quando ela timidamente deu um passo adiante com sua beleza.

Tão logo o porta-voz dos recém-chegados, que era evidentemente o superior dos três, se deu conta da maravilhosa nudez que agora se apresentava aos seus olhares passionais, sem qualquer hesitação, abriu sua sotaina e, concedendo liberdade a um grande e longo membro, apanhou a linda garota em seus braços, levou-a de volta para o sofá e então, abrindo bem as suas belas coxas, plantou-se entre elas e, conduzindo às pressas a cabeça de seu campeão enfurecido ao tenro orifício, deu um safanão para diante, e de um só golpe enterrou-se até a raiz.

Bella emitiu um gritinho de êxtase ao sentir a rija inserção daquela nova e potente arma.

Para o homem que estava em plena posse da linda criança o contato foi extasiante, e o sentimento com o qual se viu completamente cravado no corpo dela, até o cabo de sua lança desmedida, foi de uma emoção indefinível. Ele não imaginava que poderia penetrar tão prontamente as suas partes imaturas, pois esquecera de levar em conta a inundação de sêmen que ela já havia recebido.

O Superior, porém, não concedeu a ela nenhum segundo de reflexão, mas começou a desempenhar seu papel de modo tão enérgico que suas longas e poderosas estocadas produziram os mais plenos efeitos sobre o temperamento caloroso da menina, e fez quase imediatamente com que ela liberasse sua doce emissão.

Isso foi demais para o eclesiástico libertino. Já firmemente incrustado naquela bainha justa como uma luva, nem bem ele sentiu a quente efusão e emitiu um longo rugido, descarregando furiosamente.

Bella recebeu com prazer a torrente que jorrou como fruto da luxúria daquele homem forte, e atirando suas pernas para fora, recebeu-o em toda a sua extensão em seu ventre, permitindo que ele ali desse vazão à sua luxúria pelos fluxos jaculatórios de sua natureza ardente.

Os mais lascivos sentimentos de Bella foram provocados com este segundo e resoluto ataque sobre seu corpo, e sua natureza excitável acolheu com requintado deleite as ricas libações que os dois atléticos paladinos haviam vertido. Mas por mais sensual que fosse, a jovem dama sentiu-se muito exausta pela contínua tensão exercida sobre suas capacidades corporais, e foi portanto com desalento que percebeu que o segundo dos intrusos se preparava para tirar vantagem da retirada do Superior.

Porém qual não foi o assombro de Bella ao descobrir as proporções gigantescas do sacerdote que agora se apresentava. Suas vestes já estavam em desalinho e diante dele erguia-se rigidamente ereto um falo perante o qual até mesmo o vigoroso Ambrose era forçado a capitular.

Projetando-se de uma franja crespa de pelos ruivos brotava a coluna branca e carnosa, encapuzada pela reluzente glande púrpura, o estreito e apertado orifício que parecia obrigado a precaver-se para evitar um extravasamento prematuro de suas seivas. Duas bolas imensas e peludas pendiam logo abaixo e completavam o quadro, diante de cuja visão o sangue de Bella começou mais uma vez a ferver, e sua disposição jovial a expandir-se em ansiedade por aquele combate desproporcional.

— Oh, meu padre, como eu vou receber essa coisa enorme dentro do meu pobre corpinho? — perguntou ela, em desespero. — Como eu serei capaz de resistir, quando ele entrar! Temo que vá me machucar horrivelmente!

— Eu serei muito cuidadoso, minha filha. Agirei vagarosamente. Você já está bem preparada pelas seivas dos homens santos que tiveram a boa fortuna de me preceder.

Bella tocou com os dedos o pênis gigantesco.

O padre era feio ao extremo. Era baixo e forte, mas dotado de ombros suficientemente largos para um Hércules.

A criança foi apanhada por uma espécie de loucura lasciva; a feiúra do homem serviu apenas para excitar ainda mais os seus desejos sensuais; suas mãos não conseguiam abarcar a grossura do membro. Ela continuou, porém, a segurá-lo, a pressioná-lo e inconscientemente conceder-lhe suas carícias, que lhe aumentaram a rigidez e favoreceram o prazer. Aquilo parecia uma barra de ferro entre suas mãos suaves.

Mais um momento e o terceiro assediante estava por cima dela, e Bella, quase tão excitada quanto ele, esforçou-se para empalar a si própria naquela estaca medonha.

Por alguns minutos, o feito parecia impossível, por mais lubrificada que ela estivesse pelos extravasamentos que havia recebido previamente.

Por fim, uma furiosa estocada introduziu a imensa cabeça.

Bella lançou um grito de autêntica aflição; outra estocada, e ainda outra, e o canalha brutal, cego a tudo o que não fosse sua própria gratificação, continuou a penetrá-la.

Bella chorou em sua agonia, e lutou selvagemente para se desvencilhar de seu cruel atacante.

Mais um golpe, outro grito da vítima, e o padre a havia penetrado até o âmago.

Bella desmaiou.

Os dois observadores desse monstruoso ato de devassidão pareciam inicialmente inclinados a interferir, mas aparentemente experimentaram um cruel prazer em testemunhar o conflito, e por certo os seus movimentos lascivos e o interesse que evidentemente manifestavam em assistir cada detalhe revelava sua satisfação.

Baixarei um véu sobre a cena de lubricidade que se seguiu, sobre os espasmos do selvagem enquanto ele – com a posse assegurada sobre o corpo da jovem e bela criança – vagarosamente prolongava seu gozo, até que sua espessa e fervorosa descarga pôs fim ao seu êxtase, e permitiu um intervalo para que se pudesse restituir a pobre menina à vida.

O musculoso padre descarregou duas vezes antes de sacar seu longo e fétido membro, e o volume de porra que se seguiu foi tamanho que caiu tamborilando numa poça sobre o chão de madeira.

Finalmente recuperada o suficiente para mover-se, a jovem Bella foi autorizada a executar aquelas abluções que a lambuzada condição em que se encontravam suas partes delicadas exigia.

IV

Várias garrafas de vinho, de velha e rara safra, foram então servidas, e sob sua potente influência, Bella lentamente recuperou suas forças.

Dentro de uma hora os três padres, achando que ela já estava suficientemente recuperada para acolher seus avanços lascivos, novamente começaram a dar sinais de seu desejo de desfrutar ainda mais do corpo dela.

Não menos excitada pelo generoso vinho que por ver e tocar seus acompanhantes libertinos, a garota então começou a tirar de suas sotainas e deixar a descoberto os membros dos três sacerdotes, cujo prazer com a cena se manifestava de maneira evidente em sua ausência de inibições.

Em menos de um minuto, Bella fez com que as coisas longas e rijas dos três estivessem em plena vista. Beijou-as e brincou com elas, aspirando a tênue fragrância que delas exalava e dedilhando as colunas ruborizadas com toda a sofreguidão de uma experiente Cípris.

— Vamos foder — jaculou piamente o Superior, cuja rola encontrava-se naquele momento entre os lábios de Bella.

— Amém — salmodiou Ambrose.

O terceiro eclesiástico ficou em silêncio, mas seu imenso pênis ameaçava os céus.

Bella foi instruída a escolher seu primeiro atacante nesse novo *round*. Ela selecionou Ambrose, mas o Superior interveio.

Nesse meio tempo, estando as portas bem seguras, os três sacerdotes deliberadamente se despiram, e assim apresentaram-se ao olhar brilhante da viçosa Bella como três vigorosos campeões na plenitude da vida, cada um armado de sua musculosa arma, todas as quais estavam de novo firmemente eretas diante de seus donos e meneando ameaçadoramente em volta deles quando se moviam.

— Ai, que vergonha! Que monstruosidades! — exclamou a jovem dama, cujo pudor, porém, não evitava que ela manuseasse sucessivamente aquelas formidáveis engenhocas.

Eles a sentaram sobre a borda da mesa, e um a um sugaram suas partes juvenis, mergulhando suas línguas quentes em toda a volta da rubra fenda umedecida em que todos haviam tão recentemente aplacado suas lascívias. Bella entregou-se a isso com alegria, e abriu ao máximo suas pernas roliças para gratificá-los.

— Eu proponho que ela nos chupe um após o outro — exclamou o Superior.

— Certamente — assentiu o padre Clement, o homem de cabelos ruivos e ereção imensa. — Mas não até o final. Eu quero mais uma vez penetrar em seu ventre.

— Não; por certo que não, Clement — disse o Superior. — Você chegou bem perto de parti-la em duas dessa forma. Deve finalizar em sua garganta ou de nenhum outro modo.

Bella não tinha a menor intenção de submeter-se uma segunda vez a um ataque de Clement, por isso interrompeu a discussão agarrando o grosso membro e enfiando-o o mais que podia em sua linda boca.

Para frente e para trás agiram os lábios macios e úmidos da garota sobre a bolota azulada, pausando de tempos em tempos para receber o máximo possível daquela coisa em sua boca. Suas mãos delicadas passavam em torno da haste longa e larga, e apertavam-na num trêmulo abraço, enquanto ela via o pênis monstruoso se intumescer ainda mais com a intensidade das sensações proporcionadas por seus toques deliciosos.

Em menos de cinco minutos, Clement começou a emitir uivos mais semelhantes aos de uma besta selvagem que a exclamações produzidas por pulmões humanos, e gozou volumosamente goela abaixo da garota.

Bella arregaçou a pele para baixo da longa coluna, e encorajou o fluxo até seu final.

Os gozos de Clement eram tão grossos e quentes quanto copiosos, e, jorro após jorro, sua porra escorreu para dentro da boca da menina.

Bella engoliu-a inteira.

— Há uma nova experiência em que devo agora instruí-la, minha filha — disse o Superior, enquanto Bella passava a aplicar os lábios macios em seu membro em chamas.

— Inicialmente, você achará que ela irá produzir mais dor que prazer, mas os caminhos de Vênus são penosos, e só se aprende a desfrutá-los de maneira gradual.

— Eu me submeterei a tudo, meu padre — respondeu a garota. — Agora conheço melhor os meus deveres, e sei que sou uma das privilegiadas escolhidas para aliviar os desejos dos bons padres.

— Certamente, minha filha, e você experimentará o júbilo do paraíso antecipadamente enquanto obedecer às nossas mais ligeiras vontades e for indulgente para com todas as nossas inclinações, por estranhas e irregulares que elas possam parecer.

Com isso, ele tomou a garota em seus braços fortes e conduziu-a uma vez mais ao sofá, onde posicionou-a com a face para baixo, expondo assim sua linda e nua retaguarda aos olhos de todos os três.

Em seguida, posicionando-se entre as coxas de sua vítima, apontou a cabeça de seu membro rígido para o pequenino orifício entre as nádegas carnudas de Bella e, empurrando sua arma bem lubrificada para diante a passos lentos, começou ao mesmo tempo a penetrá-la desta nova e inatural maneira.

— Oh... meu Deus!... — gritou Bella. — O senhor está no lugar errado... isso dói. ... Eu suplico... Oh! Eu suplico... Ah! Tenha piedade. Oh! Suplico que me poupe! Santa Mãe de Deus! Estou morrendo!

Esta exclamação final foi causada por uma última e vigorosa estocada por parte do Superior, que meteu seu garanhão até chegar aos pelos que cobriam a parte inferior de sua barriga. Então, Bella sentiu-o penetrar em seu corpo até a raiz.

Passando seus braços fortes em torno dos quadris da garota, ele pressionou o corpo contra as suas costas; sua barriga volumosa se esfregava contra as nádegas da menina, e o membro rijo se manteve enfiado em seu reto o mais que podia. As pulsações de prazer eram evidentes por toda a sua intumescida extensão, e Bella, mordendo os lábios, aguardou os movimentos do homem, que ela bem sabia que estavam para começar, para que ele pudesse finalizar o seu gozo.

Os outros dois padres observavam com invejosa luxúria, friccionando lentamente seus grandes membros enquanto aquilo acontecia.

O Superior, enlouquecido pela estreiteza daquela nova e deliciosa bainha, agiu sobre as nádegas arredondadas da garota até que, lançando um bote final, preencheu as suas vísceras com sua quente descarga. Depois sacou seu instrumento, ainda ereto e fumegante, do corpo dela e declarou que havia aberto uma nova rota de prazer, recomendando que Ambrose se servisse da mesma.

Ambrose, cujos sentimentos durante todo esse tempo podem ser melhor imaginados que descritos, encontrava-se agora exaltado de desejo.

A visão de seus confrades se satisfazendo produziu gradualmente tal estado de excitação erótica dentro dele, que se tornou necessário saciá-lo tão logo fosse possível.

— Concordo — gritou ele. — Adentrarei o Templo de Sodoma e você, enquanto isso, deverá postar sua inflexível sentinela no Salão de Vênus.

— Fale, em vez disso, "de um gozo mais legítimo" — retorquiu o Superior com um sorriso. — Que seja como diz; eu bem que gostaria de provar mais uma vez de um ventre tão apertado.

Bella ainda jazia de bruços sobre o sofá, com seu traseiro arredondado totalmente exposto, mais morta que viva em razão do brutal ataque que acabara de sofrer. Nenhuma gota do sêmen que havia sido nela injetado de maneira tão copiosa escapou daqueles recessos escuros, mas abaixo dele sua fenda ainda escorria as emissões combinadas dos sacerdotes. Ambrose apoderou-se dela.

Posicionada sobre as coxas do Superior, ela então sentiu o seu membro ainda vigoroso bater-se contra os lábios de sua fenda rósea. Lentamente ela o guiou para dentro, enquanto descia sobre ele. Imediatamente, todo ele a penetrou — ela recebeu tudo até as raízes.

Mas então o enérgico Superior, passando os braços em volta de sua cintura, puxou-a de encontro a si e, jogando-se para trás, posicionou sua grande e primorosa bunda diante da raivosa arma de Ambrose, que imediatamente a remeteu diretamente à já bem umedecida abertura entre as colinas.

Mil dificuldades se apresentaram a ser superadas, mas no final o voluptuoso Ambrose sentiu-se enterrar nas entranhas de sua tenra vítima.

Lentamente ele começou a impelir seu membro para dentro e para fora do canal viscoso. Prolongou seu prazer e apreciou as vigorosas estocadas com que seu Superior tratava Bella pela frente.

De repente, com um profundo suspiro, o Superior atingiu seu clímax, e Bella sentiu-o encher rapidamente de sêmen a sua fenda. Ela não pôde resistir ao ímpeto, e seu próprio extravasamento misturou-se ao do seu atacante.

Ambrose, porém, havia poupado os seus recursos, e agora conservava a linda garota diante de si, firmemente empalada na sua enorme estaca.

Nessa posição, Clement não pôde resistir à oportunidade, e vendo aparecer sua chance enquanto o Superior se limpava, deslocou-se para a frente de Bella e, quase imediatamente, teve sucesso em penetrar seu ventre, agora fartamente rociado com os resíduos viscosos dos outros.

Por enorme que fosse, Bella encontrou meios para receber o monstro de pelos ruivos, que passou a distender seu corpo delicado com todo aquele comprimento, e durante os próximos minutos nada se ouviu além suspiros e gemidos lúbricos dos combatentes.

Subitamente, seus movimentos se intensificaram; Bella achava que cada momento seria o seu último. O imenso membro de Ambrose estava enfiado até as bolas em sua passagem posterior, enquanto o gigantesco cacete de Clement de novo escumava dentro de seu ventre.

A criança estava escorada entre os dois, seus pés completamente fora do chão e ela, sujeita aos golpes, primeiro pela frente e depois por trás, com que os padres faziam funcionar suas engenhocas excitadas nos respectivos canais.

Exatamente quando Bella começava a perder sua consciência, deu-se conta, pela respiração pesada e a tremenda ereção do bruto que agia pela frente, que a descarga deste estava para chegar e, no momento seguinte, sentiu a injeção fervente fluir da rola gigantesca em jatos fortes e pegajosos.

— Ah! Eu gozei! — gritou Clement, e com isso ejaculou uma copiosa torrente para dentro da pequena Bella, para infinito deleite desta.

— O meu também está vindo — ganiu Ambrose, metendo seu membro vigoroso e derramando ao mesmo tempo um jato de sua porra quente nas vísceras de Bella.

Assim, os dois continuaram expelindo os prolíficos conteúdos de seus corpos para dentro do daquela gentil garota, enquanto ela experimentava a dupla inundação e nadava num dilúvio de deleites.

Qualquer um suporia que uma pulga de inteligência mediana já estaria farta de tais exibições repulsivas, que tomei por meu dever revelar; mas um certo sentimento de amizade e também de simpatia pela jovem Bella impeliu-me a continuar em sua companhia.

O evento justificou minhas previsões, e como se revelará a partir daqui, determinou meus movimentos futuros.

Apenas três dias transcorreram até que a jovem dama se unisse aos três sacerdotes para um encontro marcado no mesmo lugar.

Nessa ocasião, Bella havia tomado cuidados extras quanto à sua *toilet*, e o resultado foi que ela agora parecia mais encantadora do que nunca, usando o mais belo dos vestidos de seda, a mais justa das botas de pelica, e as menores, mais adoráveis e bem ajustadas luvas.

Os três homens estavam em êxtase, e Bella foi recebida com modos tão efusiva que logo seu jovem sangue subiu em chamas de desejo ao seu rosto.

A porta foi trancada imediatamente, e em seguida até a mais íntima veste dos reverendos padres foi abaixo, e Bella, em meio a carícias combinadas e toques lascivos do trio, observou seus membros indisfarçadamente expostos e já começando a ameaçá-la.

O Superior foi o primeiro a avançar com a intenção de usufruir dela. Posicionando-se impetuosamente diante de seu lindo corpinho, partiu rudemente para cima dela e, tomando-a em seus braços, cobriu sua boca e seu rosto de beijos.

A excitação de Bella igualava-se à dele.

Por desejo deles, Bella desnudou-se de suas calcinhas e anáguas, e mantendo apenas seu primoroso vestido, meias de seda e lindas botas de pelica, ofereceu-se à admiração e aos toques lascivos deles.

Um momento depois e o padre, afundando deliciosamente sobre a figura deitada dela, enfiou-se até os pelos nos seus jovens encantos, e se deixou embeber na íntima conjunção, com satisfação evidente.

Metendo-se, comprimindo-se e esfregando-se de encontro a ela, o Superior iniciou deliciosos movimentos, que tiveram o efeito de excitar as suscetibilidades de ambos os seus parceiros e a sua própria. Seu caralho, em tamanho e dureza crescentes, mostrava evidências disso.

– Meta, oh! Meta mais forte – murmurava Bella.

Enquanto isso, Ambrose e Clement, cujos desejos mal podiam tolerar o adiamento, buscavam conquistar alguma parcela da atenção da garota. Clement pôs o falo imenso na sua mão alva e macia, e Ambrose, nada intimidado, subiu no sofá e conduziu a ponta de sua coisa robusta aos lábios delicados da garota.

Depois de alguns momentos, o Superior recuou de sua deliciosa posição.

Bella levantou-se sobre a borda do sofá. Diante dela estavam os três homens, cada qual com seu membro exposto e ereto à frente, e a enorme cabeça da engenhoca de Clement erguia-se até quase encostar em sua gorda barriga.

O vestido de Bella estava erguido até quase a cintura, suas pernas e coxas estavam em plena vista e entre elas a saborosa e rosada fenda, agora rubra e excitada pela muito abrupta inserção e retirada da rola do Superior.

— Espere um momento — observou este. — Vamos proceder com ordem nos nossos prazeres. Esta bela criança deve satisfazer todos os três, portanto será necessário regular nossos gozos e o dela, e também tornar possível que ela aguente os ataques aos quais estará sujeita. Por mim, não me importa vir em primeiro ou segundo lugar; mas como Ambrose esporra como um asno, provavelmente tornará tudo novamente fumegante nas regiões em que penetrar, por isso eu proponho explorá-las antes. Certamente, Clement deve se contentar com o segundo ou terceiro lugar, ou seu membro enorme não apenas rasgará a garota, mas, o que é consequência muito mais grave, estragará nosso prazer.

— Eu fui o terceiro da última vez — exclamou Clement. — Não vejo razão por que deva sempre ser o último. Reivindico o segundo lugar.

— Muito bom, que assim seja, então — gritou o Superior. — Você, Ambrose, terá um ninho viscoso como quinhão.

— Eu, não — retorquiu aquele determinado eclesiástico. — Se você vai primeiro e aquele monstro do Clement a terá em segundo lugar, e antes de mim, devo atacar "pelos fundos" e verter o ofertório noutra direção.

— Façam comigo o que quiserem — gritou Bella. — Eu tentarei aguentar tudo. Mas, oh, meus padres, apressem-se e comecem logo.

Mais uma vez o Superior introduziu sua arma musculosa. Bella recebeu deliciada a rígida inserção. Ela o abraçou, forçou o corpo para baixo de encontro a ele, e acolheu os jatos da emissão do padre com sua própria explosão de êxtase.

Clement apresentou-se, então. Sua coisa monstruosa já se alojara entre as pernas roliças da jovem Bella. A desproporção era terrível, mas o padre era tão forte e devasso quanto dotado de grandes dimensões, e depois de vários esforços violentos e ineficazes, conseguiu penetrar e começou a martelar todo o seu membro asinino no ventre da garota.

É impossível relatar como as terríveis proporções desse homem despertavam a imaginação lasciva de Bella, ou com que frenesi de paixão ela se via deliciosamente entalada e distendida pela imensa genitália do padre Clement.

Depois de uma luta de dez minutos completos, Bella recebeu aquela massa latejante até as grandes bolas, que se pressionavam por baixo de encontro à sua bunda.

Bella atirou ambas as pernas para os lados e permitiu que o bruto se refestelasse à vontade em seus encantos.

Clement não demonstrou qualquer ansiedade para abreviar seu lúbrico divertimento, e passou-se mais um quarto de hora até que duas violentas descargas pusessem fim ao seu prazer. Bella recebeu-as com profundos suspiros de satisfação, e liberou uma emissão copiosa de seu próprio corpo por sobre os influxos do padre concupiscente.

Clement mal havia retirado sua coisa monstruosa do ventre da jovem Bella, quando então, ainda recendendo aos braços de seu enorme amante, caiu nos de Ambrose.

Fiel à intenção que expressara, é agora a linda bunda que ele ataca, e procura com energia febril introduzir a cabeça pulsante de seu instrumento nas tenras pregas da abertura posterior da menina.

Em vão ele tenta conquistar uma posição para alojar-se. A cabeça larga de sua arma é repelida a cada assalto, enquanto com brutal lascívia ele tenta intensamente forçar-se para dentro. Mas Ambrose não é de se render com facilidade. Ele faz um novo ensaio, e por fim um esforço determinado implanta a glande na delicada abertura.

Agora é a vez dele — uma vigorosa estocada introduz mais duas polegadas e com um único safanão o padre lascivo então se enterra até as bolas.

A linda bunda de Bella exerce evidente atração sobre o libidinoso padre. Ele se encontrava num extraordinário grau de agitação, enquanto arremetia para diante em seus esforços ardentes. Pressionou seu membro longo e grosso mais para dentro com êxtase, alheio à dor que o estiramento causava na garota, desde que pudesse sentir as deliciosas constrições daquelas suas partes delicadas e inexperientes.

Bella emite um grito pavoroso. Ela é empalada pelo membro rígido do brutal violador. Sente a carne pulsante deste em seus órgãos e empenha-se, com esforços desesperados, para escapar.

Mas Ambrose, passando os braços fortes em torno de sua cintura esguia, a detém, enquanto acompanha cada movimento feito por ela e se mantém no interior do corpo trêmulo da garota por meio de um contínuo esforço mais ao fundo.

Lutando dessa maneira, passo a passo, a garota cruzou os aposentos, tendo o feroz Ambrose firmemente cravado em sua passagem posterior.

Enquanto isso, tal espetáculo lascivo não era desprovido de efeitos sobre aqueles que o assistiam. Uma alta gargalhada partiu de suas gargantas, e ambos aplaudiram o vigor de seu companheiro, cujo semblante, inflamado e ativo, ostentava amplo testemunho de suas prazerosas emoções.

Mas a visão também despertou rapidamente os desejos deles, e ambos demonstraram pelo estado de seus membros que ainda não estavam de modo algum satisfeitos.

Como Bella havia a essa altura se aproximado do Superior, este apanhou-a entre seus braços e Ambrose, aproveitando-se desta parada momentânea, começou a empurrar seu membro cada vez mais para dentro das suas entranhas, enquanto o intenso calor do corpo da menina proporcionava-lhe o mais vívido prazer.

Dada a posição em que os três agora se encontravam, o Superior descobriu que sua boca se alinhava à altura dos encantos naturais de Bella, e colando instantaneamente a eles os seus lábios, sugou aquela fenda orvalhada.

Mas a excitação assim ocasionada requeria um desfrute mais consistente e, posicionando a linda menina sobre seus joelhos enquanto sentava-se em sua cadeira, concedeu plena liberdade ao seu membro incandescente e introduziu-o prontamente no tenro ventre da garota.

Bella, assim, encontrava-se entre dois fogos, e os ferozes safanões de padre Ambrose sobre suas nádegas rechonchudas eram agora complementados pelos férvidos esforços do Superior na direção oposta. Ambos se refestelaram num mar de delícias sensuais, ambos banharam-se plenamente nas sensações sublimes que experimentavam, enquanto sua vítima, espicaçada pela frente e por trás por seus falos túrgidos, tinha de suportar como podia os órgãos excitados.

Porém, uma provação ainda maior aguardava a juvenil Bella, pois tão logo o vigoroso Clement testemunhou a íntima conjunção de seus companheiros, inflamou-se de inveja e, incendiado pela violência de suas paixões, subiu na cadeira por trás do Superior e, apossando-se da cabeça da pobre garota, impôs sua arma incandescente aos seus lábios rosados, forçando em seguida a glande, com sua pequenina abertura já exsudando algumas gotas antecipatórias, para dentro daquela linda boca, e fazendo com que ela friccionasse a haste longa e dura em suas mãos.

Enquanto isso se passava, Ambrose sentiu que a inserção do membro do Superior pela frente logo precipitou a marcha de seu procedimento, enquanto este, igualmente excitado pela ação de seu camarada pelos fundos, começou prestamente a sentir a aproximação dos espasmos que precedem e acompanham o ato final da ejaculação.

Clement foi o primeiro a dar vazão, e sentiu sua descarga glutinosa descer como uma chuva pela garganta da pequenina Bella.

Ambrose o acompanhou e, desabando sobre as costas da menina, disparou uma torrente de porra em suas entranhas, enquanto o Superior no mesmo momento sobrecarregava o útero com sua contribuição.

Vendo-se assim cercada, Bella recebeu a descarga uníssona dos três vigorosos sacerdotes.

V

Três dias depois dos eventos detalhados nas páginas precedentes, Bella fez sua aparição na sala de visitas de seu tio, tão viçosa e encantadora como sempre.

Meus movimentos, nesse meio tempo, haviam sido erráticos, pois meu apetite não era de modo algum pequeno, e caras novas sempre tiveram para mim um certo sabor picante, o que sempre evitou que eu prolongasse demasiadamente minha estadia num local apenas.

Por esse motivo aconteceu-me entreouvir uma conversa que não me desconcertou nem um pouco, mas que, por conduzir diretamente aos eventos que estou descrevendo, não hesito em revelar.

Foi assim que eu me inteirei da real profundidade e sutileza do caráter do padre Ambrose.

Não irei reproduzir esse discurso aqui da mesma forma como o ouvi de meu ponto estratégico. Será suficiente que eu explique as ideias principais que ele transmite e relate sua aplicação.

Estava claro que Ambrose sentia-se contrariado e frustrado com a participação abrupta de seus "confrades" no desfrutar de sua última aquisição, e fermentava um esquema temerário e diabólico para malograr a interferência deles, ao mesmo tempo em que pareceria ser inteiramente inocente no assunto.

Para resumir, tendo isso em mente, Ambrose foi

diretamente ao tio de Bella e relatou que havia descoberto sua sobrinha e o jovem amante dela em plenos laços de Cupido, e que não havia dúvida de que ela recebera e correspondera com os troféus derradeiros de sua paixão.

Ao agir assim, o astuto sacerdote tinha um propósito ulterior em vista. Ele conhecia bem o caráter do homem com quem teria de lidar. Sabia também que havia bastantes coisas de sua vida real que não estavam inteiramente ocultas ao tio.

De fato, a dupla se entendia muito bem. Ambrose tinha paixões fortes, e era voluptuoso a extremos extraordinários. Assim também o era o tio de Bella.

Este também havia se confessado com Ambrose, e no decorrer dessa confissão, dera evidências de desejos tão irregulares que não imporiam quaisquer dificuldades em torná-lo um pronto partícipe dos planos que o outro havia concebido.

O olhar do sr. Verbouc há muito se detinha em segredo sobre sua sobrinha. Ele havia confessado isso. Ambrose levou-lhe subitamente uma notícia que abriu seus olhos para o fato de que ela havia começado a nutrir sentimentos da mesma espécie para com outros do mesmo sexo que ele.

O caráter de Ambrose veio-lhe imediatamente à cabeça. Era seu confessor espiritual. Por isso, pediu seu conselho.

O santo homem deu-lhe a entender que sua chance havia chegado, e que lhes seria mutuamente vantajoso compartilhar o prêmio.

Essa proposta apelou para um aspecto do caráter de Verbouc que Ambrose já não ignorava totalmente. Se algum fato emprestava maior satisfação à sua sensualidade, ou conferia maior agudeza às suas indulgências, era testemunhar outra pessoa no ato de completar a cópula carnal, e em seguida, consumar sua própria gratificação por uma segunda penetração e ejaculação sobre o corpo da mesma paciente.

Assim, o pacto foi logo feito; uma oportunidade foi descoberta; a necessária privacidade estava assegurada, pois a tia de Bella era inválida e estava confinada ao seu quarto; e então Ambrose preparou Bella para o evento que estava por ocorrer.

Depois de um curto discurso preliminar, em que a alertou para não dizer uma palavra sobre a intimidade que tiveram anteriormente, e informou-a de que seu parente havia de algum modo descoberto sua intriga com o garoto, inteirou-a gradualmente do fato de que ele estivera de olho nela o tempo todo. Contou-lhe até mesmo da paixão disfarçada que seu tio sentia por ela, e declarou, em termos francos, que o modo mais seguro de evitar o pesado ressentimento dele era provar-se obediente a tudo o que ele pudesse requerer dela.

O sr. Verbouc era um homem de constituição robusta e vigorosa, de cerca de cinquenta anos de idade. Na qualidade de seu tio, ele sempre inspirara a Bella o maior respeito, ao qual se misturava não pouco temor de sua presença e autoridade. Ele a havia tratado, desde a morte de seu irmão, se não com afeição, ao menos não de maneira rude, embora com alguma reserva que era natural ao seu caráter.

Bella evidentemente não tinha razão para esperar qualquer clemência nessa ocasião, ou para contar com qualquer meio de escapar de seu indigno parente.

Saltarei sobre o primeiro quarto de hora, as lágrimas de Bella, e o constrangimento com que ela se viu subitamente receptora dos abraços excessivamente ternos de seu tio, assim como das censuras que tão bem merecia.

A interessante comédia prosseguiu pouco a pouco, até que o sr. Verbouc, tomando sua linda sobrinha entre seus joelhos, desenrolou com audácia o plano que havia concebido para também desfrutar dela.

— Não deve haver qualquer tola resistência, Bella — continuou seu tio. — Eu não tolerarei hesitação alguma, nenhuma afetação de pudor. É suficiente que este bom padre tenha santificado a operação, e assim eu deverei possuir e gozar de seu corpo como o seu imprudente jovem amigo já fez com o seu consentimento.

Bella estava completamente confusa. Embora sensual, como já vimos, numa extensão que não se encontra com frequência em garotas de tão tenra idade, ela fora criada sob aquele tipo de visão de mundo rígida e convencional que classificava com severidade e repulsa o caráter de seu parente. Todo o horror de tal crime se ergueu imediatamente diante dela. Nem mesmo a presença e alegada sanção do padre Ambrose poderia atenuar a desconfiança com que ela via a horrível proposta que agora lhe era deliberadamente feita.

Bella tremeu de surpresa e terror perante a natureza do crime contemplado. Essa nova posição a chocou. A transformação do tio severo e reservado, cuja ira ela havia sempre desaprovado e temido, e cujas prescrições havia desde muito tempo se acostumado a receber com reverência, chegando até à admiração ardente, sedento de tomar posse daqueles favores que ela havia tão recentemente concedido a outros, deixou-a emudecida de assombro e asco.

Enquanto isso, o sr. Verbouc, que evidentemente não estava disposto a permitir qualquer tempo para reflexão, e cuja desordem era claramente visível em mais de um sentido, tomou sua jovem sobrinha em seus braços e, apesar da relutância desta, cobriu sua face e pescoço de beijos proibidos e apaixonados.

Ambrose, a quem a garota apelou nesse momento de necessidade, não lhe concedeu nenhum conforto, mas pelo contrário, sorrindo cruelmente diante da emoção manifestada pelo outro, encorajou-o por meio de olhares secretos a levar até o último extremo seus prazeres e sua lubricidade.

Resistência, sob tais provações, era algo difícil.

Bella era jovem e comparativamente indefesa sob o forte abraço de seu parente. Exaltado freneticamente pelo contato e os toques obscenos que agora se permitia, o sr. Verbouc procurou com redobrada energia se apossar da pessoa de sua sobrinha. Já seus dedos nervosos pressionavam o lindo cetim das coxas da menina. Mais uma arremetida resoluta e, a despeito da forte pressão que Bella continuava a exercer em sua defesa, a mão lasciva cobriu os lábios rosados, e os dedos trêmulos separaram a estreita e orvalhada fissura da fortaleza do pudor.

Até esse momento, Ambrose havia se mantido como um observador silencioso desse excitante conflito. Em seguida, porém, também fez seu ataque e, passando seu potente braço esquerdo pela cintura esguia da adolescente, segurou ambas as mãos desta com a sua direita e, mantendo-a assim imobilizada, tornou-a uma presa fácil para os avanços lascivos do parente.

— Por misericórdia — gemeu Bella, ofegando com os esforços —, deixe-me ir. Isso é horrível demais... é monstruoso... vocês são cruéis! Eu estou perdida!

— Não, minha bela sobrinha, não perdida — respondeu seu tio. — Apenas desperta para aqueles prazeres que Vênus reserva para os seus devotos, e que o amor reserva àqueles que têm audácia suficiente para colhê-los e desfrutá-los, enquanto podem.

— Eu fui horrivelmente enganada — gritou Bella, pouco tranquilizada por essa genial explicação. — Agora eu entendo tudo. Oh! Que vergonha. Não posso deixá-lo fazer isso, não posso deixá-lo fazer isso, não posso. Ah, não! Não posso. Santa Mãe de Deus! Deixe-me ir, tio. Ah! Ah!

— Fique quieta, Bella. Você deve se submeter de uma vez. Eu a terei pela força, se não me deixar fazê-lo de outra maneira. Vamos, abra essas perninhas deliciosas, deixe-me sentir essas panturrilhas delicadas, essas coxas macias e sedutoras: deixe-me por minha mão nesse pequenino ventre arfante — não, pare quieta, sua tolinha. Você é minha, finalmente. Ah, como ansiei por isso, Bella!

Bella, porém, ainda mantinha certa resistência, o que só servia para aguçar o apetite inatural de seu atacante, enquanto Ambrose a detinha com firmeza em suas garras.

— Oh, a linda bundinha! — exclamou Verbouc, enquanto deslizava sua mão intrusiva por baixo das coxas aveludadas da pobre garota, e sentia os globos arredondados de sua encantadora *derrière*. — Ah! A gloriosa bunda. Tudo agora é meu. Tudo deve ser festejado no devido tempo.

— Deixe-me ir — chorava Bella. — Oh! Oh!

Estas últimas exclamações saíram espremidas da bela

garota, pois estando entre os dois homens, estes a forçaram para trás até cair sobre o sofá que se encontrava convenientemente por perto.

Ao cair, ela ficou deitada sobre o corpo robusto de Ambrose, enquanto o Verbouc, que já havia erguido seu vestido e expunha de maneira impudica as pernas meias de seda e as formas primorosas de sua sobrinha, recuou por um momento para apreciar à vontade aquela exibição indecente que fora providenciada à força para sua diversão.

— Tio, o senhor ficou louco? — gritou Bella, mais uma vez, enquanto, agitando suas pernas, lutava em vão para esconder a deliciosa nudez que agora se expunha por inteiro. — Eu imploro, deixe-me ir.

— Sim, Bella, estou louco... louco de paixão por você... louco de desejo de possuí-la, de gozar de você, de saciar-me sobre o seu corpo. Resistir é inútil; eu farei minha vontade e me deleitarei nesses lindos encantos, nessa pequenina bainha estreita e delicada.

Assim dizendo, o sr. Verbouc preparou-se para o ato final do drama incestuoso. Ele abriu suas calças e, desfazendo-se de toda consideração pelo pudor, permitiu de forma libertina que sua sobrinha contemplasse a olhos vistos as proporções fartas e rubicundas de seu membro excitado que, ereto e lustroso, agora ameaçava-a com um ataque frontal.

Um momento depois, Verbouc atirou-se sobre sua presa, segura com firmeza pelo sacerdote deitado sob ela. Então, aplicando a ponta de sua arma agressiva bem no tenro orifício, tentou completar a conjunção inserindo suas proporções grandes e longas no corpo de sua sobrinha.

Mas o contínuo serpentear do corpo juvenil de Bella,

a repulsa e o horror que se haviam apoderado dela e as quase imaturas dimensões de suas partes, evitaram com eficiência que ele ganhasse com tanta facilidade a vitória que almejava.

Eu nunca desejei com tanto ardor contribuir para o desconforto de um campeão como na ocasião que se apresentava e, comovido pelos lamentos da gentil Bella, com o corpo de uma pulga e a alma de uma vespa, saltei de um pulo só para o resgate.

Cravar minha probóscide na cobertura sensível do escroto do sr. Verbouc foi obra de um segundo. Isso surtiu o efeito desejado. Uma sensação aguda e picante de dor fez com que ele se detivesse. O intervalo foi fatal, e no momento seguinte as coxas e a barriga da jovem Bella estavam cobertos com o extravasamento do vigor desperdiçado de seu incestuoso tio.

Pragas – não altas, mas intensas – seguiram-se a esse inesperado contratempo. O aspirante a estuprador se retirou de sua posição vantajosa e, incapaz de continuar o conflito, guardou com relutância a arma derrotada.

Tão logo o sr. Verbouc libertou sua sobrinha daquela posição penosa, já o padre Ambrose começou a manifestar a violência de sua própria excitação, despertada pela observação passiva da cena erótica precedente. Embora ainda mantivesse suas fortes garras em Bella, gratificando assim o sentido do tato, a aparência da parte frontal de suas vestes denotava o estado das coisas no que dizia respeito à sua disposição para tirar vantagem da situação. Sua arma medonha, aparentemente desdenhando o confinamento imposto por seu hábito, protraía-se em plena vista, a cabeça grande e redonda já pelada e pulsando de ansiedade pelo gozo.

— Ah! — exclamou o outro, quando seu olhar lascivo caiu sobre o falo distendido de seu confessor. — Eis um campeão que não tolerará qualquer derrota, isso eu garanto — e tomando-a deliberadamente em sua mão, manipulou a haste imensa com evidente satisfação.

— Que monstro! Como ele é forte... com que rigidez ele fica ereto!

O padre Ambrose se levantou, sua face escarlate traía a intensidade do seu desejo. Pondo a assustada Bella numa posição mais propícia, ele conduziu a larga glande vermelha até a abertura úmida e continuou forçando-a para diante com desesperado afinco.

Dor, agitação e desejo atravessaram sucessivamente o sistema nervoso da jovem vítima da devassidão.

Embora aquela não fosse a primeira ocasião em que o reverendo padre assaltava a fortaleza musgosa, ainda assim o fato de seu tio estar presente, a indelicadeza de toda a situação e a convicção natural, pela primeira vez evidente para ela, da trapaça e do egoísmo do santo homem, combinaram-se para repelir aquelas sensações extremas de prazer que haviam anteriormente se manifestado nela de maneira tão poderosa.

Mas as atitudes de Ambrose não deixaram a Bella nenhum tempo para reflexão, pois ao sentir a delicada pressão daquela bainha justa como uma luva em volta de sua grande espada, ele se apressou para completar a conjunção, e com alguns golpes vigorosos e experientes, cravou-se até o final no corpo dela.

Depois seguiu-se um rápido intervalo de feroz deleitamento — de estocadas ligeiras e pressões de corpos, firmes e íntimas, até que um grito baixo e gorgolejante de Bella anunciou que a Natureza havia se imposto, e que ela chegara àquela sublime crise no combate amoroso, quando espasmos de prazer indescritível atravessavam velozmente, voluptuosamente os nervos, e com a cabeça atirada para trás, os lábios separados e os dedos movendo-se de maneira convulsa, todo o corpo enrijecido pelo esforço avassalador, a ninfa verteu a essência de sua juventude para que esta se encontrasse com os jatos que viriam de seu amante.

O corpo contorcido de Bella, seus olhos revirados e suas mãos crispadas já informavam o suficiente de sua condição sem a necessidade do gemido de êxtase que irrompeu laboriosamente de seus lábios trêmulos.

Todo o volume da potente lança, agora bem lubrificada, agia deliciosamente no interior de suas partes púberes. A excitação de Ambrose crescia a cada instante e seu instrumento, duro como ferro, ameaçava a cada mergulho descarregar a aromática essência.

— Oh, eu não consigo mais segurar; sinto que minha porra está prestes a fluir. Verbouc, você deve fodê-la. Ela é deliciosa. Seu ventre se ajusta em mim como uma luva. Oh! Oh! Ah!

Estocadas mais fortes e frequentes — um vigoroso safanão — um mergulho daquele homem musculoso sobre a figura esguia da garota — um ofegar baixo e rouco, e Bella, com inefável prazer, sentiu a injeção quente jorrar de seu violador e se derramar em volumes, grossa e viscosa, para dentro de suas partes tenras.

Ambrose retirou com relutância o seu caralho fumegante, e deixou à mostra a genitália brilhante da adolescente, da qual escorria uma espessa massa de seu gozo.

— Ótimo — exclamou Verbouc, em quem a cena tivera um efeito poderosamente excitante. — Agora é minha vez, meu bom padre Ambrose! Você desfrutou de minha sobrinha diante dos meus olhos; isso era o que eu desejava, e a menina foi bem violada. Ela também compartilhou do seu prazer; minhas previsões se realizaram. Ela já é capaz de dar, é capaz de gozar. É possível saciar-se com ela e em seu corpo: ótimo — eu vou começar. Minha oportunidade finalmente chegou, agora ela não pode me escapar. Satisfarei meu desejo há tanto tempo acalentado. Mitigarei este apetite insaciável pela filha de meu irmão. Está vendo este membro, vê como ele ergue sua cabeça rubra, é reflexo de meu desejo por você, Bella. Sinta, minha doce sobrinha, como as bolas do seu querido tio estão tesas — elas estão cheias por você. Foi você quem deixou esta coisa tão dura, longa e intumescida — é você que está destinada a trazer-lhe alívio. Arregace-a, Bella! Assim, minha criança — deixe-me guiar sua linda mãozinha. Oh! Sem bobagens... sem corar... sem pudor... sem relutância... vê como é comprido? Você deve recebê-lo inteiro nessa sua fendinha quente, que o meu caro padre Ambrose acabou de encher tão bem. Está observando os meus grandes globos aqui embaixo, querida Bella? Eles estão carregados com a porra que eu irei descarregar, para o seu prazer e para o meu. Sim, Bella, no ventre da filha de meu irmão.

A ideia do incesto repugnante que ele pretendia cometer evidentemente acrescentava combustível à sua excitação, e produzia nele uma superabundante sensação de impaciência lúbrica, que se exibia não menos em seu semblante inflamado que na vara rija e ereta com que ele agora ameaçava as partes orvalhadas de Bella.

O sr. Verbouc tomou suas providências com firmeza. Não havia de fato, como ele disse, escapatória para Bella. Ele montou sobre o corpo da garota e abriu-lhe as pernas. Ambrose segurou-a com firmeza de encontro à sua barriga ao mesmo tempo em que se reclinava sobre o sofá. O violador viu sua chance, o caminho estava limpo, as coxas brancas já estavam separadas, os lábios rubros e reluzentes da boceta da menina o confrontavam. Ele não podia mais esperar; separou as dobras e apontando a rubra cabeça rombuda de sua arma diretamente para a racha de lábios carnudos, ele então se lançou para diante e, de um só golpe, com um urro de prazer sensual, enterrou-se com todo o seu comprimento no ventre de sua sobrinha.

– Oh, Senhor: estou dentro dela, finalmente – gritou Verbouc. – Oh! Ah! Que prazer... como ela é deliciosa... como é apertada. Ah!

O bom padre Ambrose a segurava com firmeza.

Bella deu um violento impulso e um gritinho de dor e terror quando sentiu a entrada do membro intumescido de seu tio, enquanto este, firmemente engastado no corpo cálido de sua vítima, começou uma rápida e furiosa disparada de prazer egoísta. Era a ovelha nas presas do lobo, a pomba nas garras da águia – impiedoso, indiferente aos sentimentos dela, o bruto introduziu tudo o que estava à sua frente, até que, cedo demais para sua ardorosa lascívia, com um grito agônico de gozo, ele ejaculou, e descarregou em sua sobrinha uma copiosa torrente de seu fluido incestuoso.

Repetidas vezes, os dois canalhas desfrutaram de sua jovem vítima. Suas lubricidades incendiadas, estimuladas pela perspectiva dos prazeres um do outro, conduziram-nos à loucura.

Ambrose ensaiou atacar-lhe a bunda, mas Verbouc, que sem dúvida tinha suas próprias razões para a proibição, vetou tal violação, e o sacerdote, de modo algum abatido, abaixou a cabeça de sua grande ferramenta e mergulhou-a furiosamente pela retaguarda na fendinha da garota. Verbouc ajoelhou-se e assistiu, de baixo para cima, a ação e, depois que a mesma se consumou, sugou com evidente deleite os lábios gotejantes da boceta completamente preenchida de sua sobrinha.

Naquela noite eu acompanhei Bella até sua cama, pois embora meus nervos tivessem recebido um choque pavoroso, meu apetite não sofrera qualquer redução, e era uma sorte, talvez, que minha jovem "protegida" não possuísse uma pele tão irritável a ponto de se ressentir em qualquer extensão mais séria de minhas diligências para satisfazer minha gula natural.

O sono sucedeu o repasto com o qual eu havia me regalado, e encontrei um refúgio deliciosamente aquecido e seguro em meio à penugem macia e tenra que cobria o monte de Vênus da linda Bella quando, por volta da meia-noite, um violento distúrbio me despertou rudemente de meu digno repouso.

Um rude e poderoso aperto se fez sentir sobre a jovem e uma forma pesada exerceu vigorosa pressão sobre o seu corpinho. Um grito abafado saiu de seus lábios assustados e, em meio a uma luta vã da parte dela para escapar e esforços mais afortunados para evitar a indesejável consumação de suas tentativas por parte de seu atacante, reconheci a voz e a pessoa do Verbouc.

A surpresa havia sido completa; inútil era a débil resistência que sua sobrinha podia oferecer, pois com afã febril e pavorosamente excitado pelo suave contato das pernas aveludadas da menina, o tio incestuoso apossou-se cruelmente de seus mais secretos encantos, e fortalecido pela sua lascívia horrenda, meteu sua arma exaltada no corpo pubescente da garota.

Depois seguiu-se uma combate em que ambos desempenharam uma parte distinta.

O estuprador, incendiado igualmente pela dificuldade de sua conquista e pelas deliciosas sensações que experimentava, cravou seu membro rígido na bainha lúbrica, e procurou com suas fervorosas estocadas aplacar sua libido com uma farta descarga. Enquanto isso Bella, cujo temperamento cauteloso não era páreo para um ataque tão forte e devasso, lutava em vão para resistir aos violentos esforços da natureza, que, despertada por essa fricção excitante, ameaçava revelar-se uma traidora, até que, por fim, com pernas trêmulas e respiração ofegante, rendeu-se e verteu a doce efusão de sua alma mais íntima sobre a vara intumescida que pulsava tão deliciosamente dentro dela.

O sr. Verbouc tinha plena consciência de sua vantagem e, mudando de tática como um general cauteloso, cuidou-se para não consumir totalmente o seu clímax e provocar um novo avanço por parte de sua meiga combatente.

O tio de Bella não teve grande dificuldade nesse aspecto, e o conflito pareceu excitá-lo até o furor. A cama tremia e chacoalhava, todo o quarto vibrava com a energia trépida daquele assalto perverso, os dois corpos rolavam entrelaçados, acoplados numa massa indistinta.

A luxúria, quente e sôfrega, reinava soberana de ambos os lados. Ele golpeou, forçou, comprimiu, enfiou, recuou até que a volumosa cabeça rubra de seu pênis intumescido estivesse apenas pousada entre os lábios rosados das partes incendiadas de Bella. Então mergulhou para adiante de forma que os crespos pelos pretos de sua barriga se confundissem com o musgo macio que cobria o túrgido monte de Vênus de sua sobrinha, até que, com um soluço trêmulo, ela expressou ao mesmo tempo sua dor e seu prazer.

Mais uma vez a vitória era dele, e quando seu membro vigoroso embainhou-se até o cabo no corpo delicado da menina, um grito baixo, flébil, lamurioso comunicou o êxtase desta, enquanto mais uma vez o agudo espasmo do prazer dominava seu sistema nervoso. E então, com um brutal gemido de triunfo, ele disparou uma cálida torrente de seu fluido espesso nos mais profundos recessos do ventre de Bella.

Provido do frenesi de um desejo novamente despertado, e ainda não saciado da posse de uma flor tão adorável, o impiedoso Verbouc em seguida virou sua sobrinha quase desfalecida com o rosto para baixo e contemplou à vontade o adorável traseiro. Seu objetivo tornou-se evidente, pois, reunindo um pouco das secreções das quais a pequenina fenda estava agora impregnada, untou o ânus da garota, enfiando nele o seu dedo médio o mais que pôde.

Suas paixões atingiam novamente um ponto febril. Seu pau ameaçou as nádegas rechonchudas da garota e, voltando-se para o corpo inerte desta, posicionou a glande lustrosa na pequenina abertura apertada e esforçou-se por penetrá-la a golpes de aríete. Nisso, passado algum tempo, ele teve sucesso, e Bella recebeu em seu reto a verga do tio em todo o seu comprimento. A estreiteza de seu ânus proporcionou-lhe o mais pungente prazer, e ele continuou a agir vagarosamente, para dentro e para fora, por pelo menos mais um quarto de hora, ao fim do qual sua rola tornou-se dura como o ferro, e a criança sentiu-o ejacular uma quente enxurrada de sêmen em suas entranhas.

Já era dia quanto o sr. Verbouc libertou sua sobrinha dos lúbricos abraços com que havia satisfeito sua paixão, e depois retirou-se furtivamente para o seu próprio leito, enquanto, sofrida e fatigada, Bella mergulhou num profundo sono de exaustão, do qual não despertou até uma hora avançada.

Quando ela voltou a emergir de seus aposentos, foi com o sentimento de uma mudança em si própria, à qual não fez nenhum esforço para analisar. A volúpia havia se afirmado em seu caráter. Fortes emoções sexuais haviam sido despertadas, e também satisfeitas. Refinamento e indulgência haviam gerado luxúria, e a luxúria se converteu facilmente na estrada para uma gratificação irrestrita e até mesmo inatural.

Bella, jovem, pueril e até pouco antes inocente, havia de súbito se transformado numa mulher de paixões violentas e desejo irreprimível.

VI

Não perturbarei o leitor com as condições sob as quais eu um dia me encontrei secretamente aconchegado sobre a pessoa do bom padre Clement, nem me interromperei aqui para explicar como pude estar presente quando aquele valoroso eclesiástico recebeu a confissão de uma jovem dama muito charmosa e elegante, de cerca de vinte anos de idade.

Eu logo descobri pelas conversas subsequentes entre ambos que a dama não era da classe nobre, ainda que fosse intimamente ligada a esta, mas era casada com um dos mais ricos proprietários de terras das redondezas. Nomes não importam aqui. Portanto, suprimirei o dessa bela penitente.

Depois que o confessor finalizou sua bênção e concluiu a cerimônia pela qual se tornou depositário dos mais seletos segredos da dama, conduziu-a, nada relutante, da nave da igreja para a mesma pequena sacristia onde Bella havia recebido suas lições de cópula santificada.

A porta foi aferrolhada, nenhum tempo se perdeu, a dama deixou cair suas vestes, o robusto confessor abriu sua sotaina, liberando a enorme arma, cuja cabeça rubra agora se erguia distendida e ameaçadora no espaço do recinto. A dama, tão logo percebeu tal aparição, caiu sobre ela com ar de alguém para quem aquilo não era de modo algum um novo objeto de desejo.

Sua mão habilidosa afagou gentilmente o ereto pilar de músculos retesados e seus olhos devoraram as proporções alongadas e tumefeitas do órgão.

— Você deve me pegar por trás — observou a dama —, *en levrette*,[1] mas precisa ser muito cuidadoso. Você é tão assustadoramente grande.

Os olhos do padre Clement cintilaram sob sua grande cabeça de cabelos ruivos, e sua arma imensa manifestou um latejar espasmódico que teria levantado uma cadeira.

Mais um segundo e a jovem senhora havia se posicionado de joelhos sobre o assento, e Clement aproximou-se por trás dela, ergueu suas finas roupas íntimas de linho branco e expôs uma bunda farta e arredondada sob a qual, meio ocultos pelas coxas roliças, eram apenas visíveis os lábios avermelhados de uma racha deliciosa, luxuriantemente delineada pelo amplo crescimento de fartos pelos castanhos que se encrespavam em torno dela.

Clement não quis saber de mais incitação. Depois de cuspir na glande de seu membro formidável, empurrou a cabeça cálida entre os pequenos lábios umedecidos, e depois, com um vaivém e um grande esforço, lutou para fazê-lo entrar até o final.

Ele meteu, e meteu, e meteu, até parecer que o agradável recipiente não poderia acondicionar mais nada sem por em perigo os órgãos vitais. Enquanto isso, a face da mulher traía a extraordinária emoção que o gigantesco aríete lhe proporcionava.

Repentinamente, o padre Clement parou. Estava inserido até os testículos. Seus crespos pelos vermelhos

---

[1]Em francês no original: "de quatro".

pressionavam-se de encontro às bochechas fartas da traseira da dama. Ela havia recebido toda a extensão daquela verga em seu corpo. Então teve início uma peleja que sacudiu por inteiro o banco e toda a mobília do quarto.

Passando os braços em torno da bela forma que estava em seu poder, o sensual sacerdote pressionava cada vez mais para o fundo a cada estocada, retirando seu falo até a metade de seu comprimento, apenas para melhor forçá-lo a entrar, até que a dama novamente estremeceu com as deliciosas sensações que um alargamento tão vigoroso lhe proporcionava. Então fechou os olhos, sua cabeça desabou para adiante, e ela verteu sobre o invasor um jato quente de sua essência natural.

Enquanto isso, o padre Clement agia dentro daquela bainha ardorosa, cada momento servindo apenas para deixar sua grossa arma mais dura e mais forte, até não se parecer com mais nada além de uma barra de ferro maciço.

Mas todas as coisas chegam ao fim, e assim tinha de ser com gozo do bom padre, pois após ter metido e forçado, pressionado e bombardeado com sua furiosa verga até ele próprio não conseguir se conter por mais tempo, sentiu-se a ponto de descarregar sua lava, levando assim a coisa ao seu clímax.

Este chegou, por fim, quando com um grito agudo de êxtase ele mergulhou para adiante sobre o corpo da dama, seu membro enterrado até as raízes no ventre dela e vertendo um prolífico dilúvio de porra até as entranhas da mulher. No mesmo instante, tudo se acabou, o último espasmo havia passado, a última gota recendente fora produzida, e Clement ficou imóvel como um morto.

O leitor não deve imaginar que o bom padre Clement estivesse satisfeito com o único "golpe certeiro" que havia acabado de desferir com tão fulminante efeito; ou que a dama, cujas simpatias pela devassidão haviam sido tão poderosamente saciadas, desejasse se abster de qualquer outra folia. Pelo contrário, esse ato de cópula havia apenas provocado as faculdades latentes de ambos, e novamente eles buscaram apaziguar o ardente fogo da luxúria.

A dama caiu de costas. Seu robusto violador atirou-se sobre ela e, mergulhando seu aríete impiedoso até que seus pelos se encontrassem, gozou novamente e encheu-lhe as entranhas com uma torrente viscosa.

Ainda insatisfeito, o casal devasso continuou seu excitante passatempo.

Dessa vez foi Clement quem se deitou de costas e a dama, brincando lascivamente com seus enormes genitais, tomou a grossa cabeça rubra do pênis do parceiro entre seus lábios rosados, e depois de estimulá-lo até a tensão mais extrema com seus toques enlouquecedores, induziu avidamente uma descarga do prolífico fluido que, grosso e quente, agora se derramava em sua linda boca e pela garganta abaixo.

Então a dama, cuja devassidão pelo menos se igualava à de seu confessor, ergueu-se diante de sua forma musculosa e, depois de ter se assegurado de mais uma decidida e colossal ereção, agachou-se sobre a haste latejante, empalando seu lindo corpo sobre a massa de carne e músculo, até que nada mais restasse à vista exceto as grandes bolas que pendiam logo abaixo da arma rígida. Assim ela bombeou de Clement uma quarta descarga, e impregnada dos excessivos jorros do fluido seminal, além de fatigada com a duração incomum do passatempo, apeou para contemplar com indolência as proporções monstruosas e a capacidade incomum de seu gigante confessor.

VII

Bella tinha uma amiga, uma jovem dama alguns meses mais velha do que ela, filha de um rico cavalheiro que morava muito perto do sr. Verbouc. Julia era, porém, de disposição menos voluptuosa e ardente e, Bella logo descobriu, não era suficientemente madura para compreender os sentimentos passionais nem entender os fortes instintos que provocam o prazer sexual.

Julia era ligeiramente mais alta do que sua amiga, ligeiramente menos fornida, mas de constituição capaz de deleitar os olhos e arrebatar o coração de um artista por sua silhueta impecável e suas feições primorosas.

Não se pode esperar que uma pulga consiga descrever adequadamente a beleza pessoal, mesmo daqueles dos quais se alimenta. Sei apenas que Julia era um repasto saboroso para mim, e que um dia ela também o seria para o sexo oposto, pois era capaz de despertar os desejos dos mais insensíveis, e de encantar, por suas maneiras graciosas e aparência sempre aprazível, os mais exigentes adoradores de Vênus.

O pai de Julia dispunha, como dissemos, de amplos recursos financeiros; sua mãe era uma débil simplória, que se ocupava muito pouco de sua filha ou, para dizer a verdade, de qualquer outra coisa que não os deveres religiosos em cujo exercício passava grande parte do seu tempo, assim como a visitas aos velhos "devotos" da vizinhança, que encorajavam suas predileções.

O sr. Delmont era relativamente jovem. Era robusto e cheio de vida, mas como sua piedosa cara metade era ocupada demais para conceder aqueles confortos matrimoniais a que o pobre homem tinha direito, ele os procurava em outros lugares.

O sr. Delmont tinha uma amante — uma mulher jovem e bela que, pelo que concluí, contentava-se por sua vez, em oposição aos modos de tais pessoas, unicamente com seu abastado protetor. Porém, este de modo algum restringia suas atenções igualmente à sua concubina. Seus hábitos eram erráticos, e seus gostos decididamente sensuais.

Sob tais circunstâncias, não admirava que seus olhos tivessem se voltado para a figura viçosa e linda da jovem amiga de sua filha, Bella. Já havia encontrado oportunidades para apertar a bela mão enluvada, para beijar — claro que de uma maneira apropriadamente paternal — sua testa alva e até mesmo pousar a mão trêmula — quase por acidente — sobre suas coxas roliças.

Na verdade, Bella, muito mais instruída e experiente que a maioria das garotas de sua tenra idade, viu que ele estava apenas esperando uma oportunidade para levar as coisas ao extremo. Isso era exatamente o que ela desejava, mas era vigiada muito de perto, e a nova e vergonhosa ligação em que havia acabado de entrar ocupava todos os seus pensamentos.

O padre Ambrose, porém, estava plenamente atento à necessidade de ter cautela, e o bom homem não deixava passar nenhuma oportunidade, quando a garota estava no seu confessionário, de fazer perguntas diretas e pertinentes quanto à sua conduta com os outros, e destes com sua penitente. Foi assim que Bella acabou por confessar ao seu guia espiritual os sentimentos engendrados em si pela conduta sensual do sr. Delmont.

O padre Ambrose deu-lhe alguns bons conselhos, e imediatamente penitenciou Bella a trabalhar sugando o seu pênis.

Acabado esse delicioso episódio, e removidos os vestígios do seu gozo, o valoroso homem se pôs em ação com a sua astúcia costumeira, de forma a usar o que acabara de descobrir em proveito próprio. Não demorou muito para que seu cérebro sensual e vicioso concebesse um estratagema de que, por sua criminalidade e audácia, eu, como um humilde inseto, jamais conheci igual.

É claro que ele já havia determinado que a jovem Julia acabaria sendo sua — isso era nada mais que natural —, mas alcançar tal objetivo e ao mesmo tempo divertir-se com a paixão que o sr. Delmont evidentemente nutria por Bella era uma dupla realização, para a qual encontrou seu caminho por meio de um plano dos mais inescrupulosos e terríveis, que o leitor entenderá à medida que prosseguirmos.

A primeira coisa a ser feita era esquentar a imaginação da doce Julia, e atiçar nela o fogo latente da sexualidade. Essa nobre tarefa o bom sacerdote deixou para Bella, que, devidamente instruída, facilmente jurou cumplicidade.

Desde que o gelo havia sido quebrado no seu próprio caso, Bella, para dizer a verdade, não desejava nada mais do que tornar Julia tão culpada quanto ela. Por isso pôs-se ao trabalho de corromper sua jovem amiga. Como obteve seu sucesso, veremos oportunamente.

Passaram-se apenas alguns dias desde a iniciação da jovem Bella nas delícias do crime que recebe o nome de incesto, o que já relatamos, e a menina não tivera nenhuma experiência mais depois disso, pois o Verbouc havia sido chamado em viagem de negócios. Finalmente, porém, uma oportunidade se apresentou, e pela segunda vez Bella se viu sozinha e serena com seu tio e o padre Ambrose.

A noite estava fria, mas um calor agradável era irradiado ao luxuoso apartamento por uma estufa, enquanto o sofá macio e elástico e as otomanas que mobiliavam o quarto conferiam um ar de languidez repousante. À luz brilhante de uma lâmpada deliciosamente perfumada, os dois homens pareciam luxuriosos devotos de Baco e Vênus, pois recostavam-se apenas levemente vestidos e recém-saídos de um suntuoso repasto.

Quanto a Bella, superava-se em beleza. Trajando uma encantadora *négligé*, ao mesmo tempo revelava e escondia aquelas doçuras em flor da quais podia muito bem se orgulhar.

Os adoráveis braços roliços, as pernas macias com meias de seda, os seios empinados, que por isso despontavam como duas *pommettes*[1] alvas e primorosamente formadas, com bicos semelhantes a morangos, os quadris sinuosos e os pequeninos pés, calçados por sapatinhos justos: estas e outras belezas emprestavam seus vários atrativos para compor um todo delicado e encantador, com o qual as mimadas Deidades poderiam muito bem se intoxicar, e do qual dois mortais lascivos preparavam-se agora para fruir.

[1]Em francês, no original: "maçãzinhas".

Pouco era necessário, porém, para excitar ainda mais os infames e desregrados desejos dos dois homens, que naquele momento, com olhos injetados de luxúria, contemplavam à vontade a requintada iguaria que lhes estava reservada.

A salvo de qualquer interrupção, ambos procuravam em lascivos *attouchments*[2] gratificar os anseios de suas imaginações em afagar o que viam.

Incapaz de resistir à sua sofreguidão, o tio sensual estendeu sua mão e, atraindo sua bela sobrinha para mais perto de si, permitiu que seus dedos vagassem entre as pernas dela. Quanto ao sacerdote, agarrou-se aos seios macios e enterrou seu rosto em meio àquele frescor juvenil.

Nenhum deles permitia que qualquer consideração ao pudor interferisse em seu prazer, e os membros dos dois fortes homens estavam inteiramente expostos e posicionavam-se excitantemente eretos, com suas cabeças rubicundas reluzindo pela tensão de sangue e músculo em seu interior.

— Oh, que delícia o seu toque — murmurou Bella, abrindo involuntariamente suas coxas alvas para a mão trêmula de seu tio, enquanto Ambrose quase a sufocava com os lábios grosseiros, ao sugar deliciosos beijos de sua boca de rubi.

— Veja, minha doce menina, não é grande? E não está ardendo para verter seu sumo em você? Ah, minha criança, como você me deixa excitado. Sua mão, sua mãozinha! Ui! Morro de vontade de enfiar isto no seu ventre macio!

---

[2] Em francês no original: "toques"; "apupos"; "apalpadelas".

Beije-me, Bella! Verbouc, veja como sua sobrinha me excita.

— Santa Mãe de Deus, que caralho! Está vendo a cabeçorra que isso tem, Bella? Como ela reluz, que longa vara branca, e como ele se curva para cima, feito uma serpente armando o bote para picar sua vítima. Já uma gota se acumula na ponta, veja, Bella.

— Oh, como é duro! Como lateja! Como se projeta para a frente! Eu mal posso me conter, você me mata com esses beijos, suga-me a vida!

O sr. Verbouc avançou um passo, e ao mesmo tempo despiu novamente sua arma, ereta e rubra, a cabeça arregaçada e úmida.

Os olhos de Bella cintilaram em antecipação.

— Nós devemos regular nossos prazeres, Bella — disse o tio. — Devemos nos esforçar, ao máximo possível, para prolongar nossos êxtases.

— Ambrose está descontrolado de devassidão. Que animal esplêndido ele é, que membro; é dotado como um asno. Ah, minha sobrinha, minha criança, isso irá distender a sua pequenina racha, vai se meter até chegar aos seus órgãos vitais, e depois de um longo curso, descarregará uma torrente de porra para o seu prazer.

— Que alegria — murmurou Bella. — Estou louca para que ele penetre bem fundo em mim.

— Sim, oh, sim. Mas não apressem demais o delicioso final; vamos todos nos esforçar para isso.

Ela teria acrescentado mais alguma coisa, porém o bulbo vermelho da pica enrijecida do sr. Verbouc entrou naquele momento em sua boca.

Com avidez extrema, Bella recebeu aquela coisa dura e latejante entre seus lábios coralinos, e permitiu a entrada da maior parte da glande e do prepúcio que conseguisse se acomodar ali. Lambeu-as com sua língua descrevendo movimentos circulares; tentou até mesmo forçar a ponta para dentro da abertura purpúrea no topo. Estava fora de si de excitação. Suas faces coraram, inspirava e expirava seu hálito com uma ânsia espasmódica. Sua mão ainda agarrava o membro do sacerdote impudico. Sua boceta jovem e apertada pulsava com o prazer da expectativa.

Teria continuado a titilar, esfregar e excitar a ferramenta inchada do voluptuoso Ambrose, mas esse digno homem fez sinal para que ela parasse.

— Espere um momento, Bella — suspirou ele. — Assim você me faz esporrar.

Bella soltou a grande haste branca e deitou-se de costas, de modo que seu tio pudesse transitar comodamente para dentro e para fora de sua boca. Seus olhos pousavam com avidez sobre as imensas proporções de Ambrose durante todo esse tempo.

Jamais Bella havia provado um caralho com tanto prazer quanto agora saboreava a arma bastante respeitável de seu tio. Por isso, seus lábios atuavam sobre esta com apetite extremo, sugando sofregamente o orvalho que de tempos em tempos exsudava da ponta. O sr. Verbouc estava extasiado com esse prestativo serviço.

O sacerdote, então, ajoelhou-se e, enfiando sua cabeça tonsurada por entre os joelhos do sr. Verbouc, pois este se posicionava de pé diante da sobrinha, abriu as coxas fornidas da garota e, separando com os dedos os lábios rosados de sua delicada fenda, meteu nela a sua língua, e cobriu aquelas partes jovens e excitadas com seus lábios grossos.

Bella estremeceu de prazer: seu tio ficou ainda mais teso, e investiu com força e malícia contra sua linda boca. A garota pousou sua mão nas bolas do homem e gentilmente as apertou. Arregaçou a haste ardente e sugou-a com evidente delícia.

— Deixe vir — disse Bella, expelindo por um momento a rola brilhosa para expressar-se e tomar fôlego. — Deixe vir, Tio, eu gostaria tanto de saboreá-la.

— E você irá, minha querida, mas não ainda. Nós não devemos ir tão rápido.

— Oh! Como ele me suga, como a língua dele me lambe! Estou ardendo em chamas; ele está me matando.

— Ah, Bella, você não sente nada além de prazer agora. Está reconciliada com as delícias de nossa ligação incestuosa.

— Estou mesmo, adorado titio, dê-me seu caralho novamente em minha boca.

— Não ainda, Bella, meu amor.

— Não me deixe esperar tanto. Você está me enlouquecendo. Padre! Padre! Oh, ele está chegando, está se preparando para me foder. Santa Mãe de Deus! Que pica deliciosa! Oh, misericórdia! Ele me parte ao meio.

Nesse meio tempo, Ambrose, levado até o furor pela deliciosa ocupação em que se havia engajado, ficou excitado demais para permanecer por mais tempo onde se encontrava e, aproveitando-se da oportunidade do recuo temporário do sr. Verbouc, levantou-se e empurrou a linda garota de costas sobre o divã macio.

Verbouc apoderou-se do pênis formidável do santo Padre e, dando-lhe uma ou duas sacudidelas preliminares, puxou para trás a pele macia que circundava a cabeça oval e, dirigindo a volumosa glande inflamada para a fenda rósea, enterrou-a com vigor ventre adentro, enquanto a menina se prostrava diante deles.

A condição orvalhada das partes da criança facilitou a inserção da cabeça e do prepúcio, e a arma do padre foi rapidamente engolfada. Estocadas vigorosas se seguiram e, com uma feroz concupiscência estampada em seu rosto e pouquíssima piedade pela imaturidade de sua vítima, Ambrose fodeu-a. A excitação da garota obliterou qualquer sensação de dor e, esticando ao máximo suas belas pernas, permitiu que ele chafurdasse o quanto quisesse de posse de sua beleza.

Um alto gemido de arrebatamento escapou dos lábios entreabertos de Bella quando sentiu a enorme arma, dura como ferro, pressionar seu ventre e estirá-la com seu grande volume.

O sr. Verbouc não perdia nada daquela visão obscena, mas posicionando-se junto ao casal excitado, depositou seu membro dificilmente menos vigoroso ao toque convulso de sua sobrinha.

Ambrose, tão logo sentiu-se alojado em segurança no belo corpo que se encontrava sob ele, conteve sua sofreguidão e, invocando em seu socorro os maravilhosos poderes de autocontrole de que era dotado em tão extraordinário grau, passou suas mãos trêmulas por trás dos quadris da garota e, afastando sua batina, expôs sua barriga peluda, com a qual a cada estocada mais profunda afagava sua tenra *motte*.³

Mas então o sacerdote começou de fato a oficiar seriamente sua função. Com estocadas fortes e regulares, enterrou-se no corpo tenro que estava sob ele. Comprimiu-se calorosamente para adiante. Bella atirou os braços alvos em volta de seu pescoço robusto. Suas bolas se batiam contra as nádegas carnudas e sua ferramenta estava metida na menina até os pelos, que, pretos e crespos, encobriam com fartura sua grande barriga.

— Ela está tendo o que queria, agora. Olhe, Verbouc, para a sua sobrinha. Veja como ela se regozija com a administração dos sacramentos. Ah, que sensações! Como ela me sorve com sua bocetinha apertada e nua.

— Oh, meu querido, meu querido. Ah! Meu bom padre, me foda, eu estou gozando. Meta, meta mais. Mate-me com isso, se quiser, mas continue mexendo. Assim! Oh, Paraíso Celestial! Ah! Ah! Como é grande; que delícia quando você me penetra!

O divã novamente chacoalhava com regularidade, e rangia sob as rápidas estocadas do padre.

— Oh, meu Deus! — gritou Bella. — Ele está me matando... é demais para mim... eu morro... estou gozando — e com um quase ganido, a garota chegou ao clímax e inundou o grosso membro que avançava tão deliciosamente sobre ela, uma segunda vez.

A longa pica ficou mais dura e mais quente. A glande também estava inchada e toda aquela coisa tremenda

---

³Em francês no original: "torrão coberto de grama"; por extensão, a púbis.

parecia pronta a entrar em combustão de tamanha luxúria. A jovem Bella gemia palavras incoerentes, entre as quais o vocábulo foder era o único audível.

Ambrose, também no auge absoluto e sentindo seu grande instrumento ser engolido pelas partes pubescentes da garota, não conseguiu se conter por mais tempo e, agarrando-se à bunda de Bella com ambas as mãos, meteu-se em todo o seu tremendo comprimento e descarregou, disparando os grossos jatos de seu fluido, um após outro, nas profundezas de sua companheira de diversão.

Um rugido semelhante ao de uma besta selvagem escapou de sua boca, quando sentiu que a porra quente jorrava de si.

— Ah! Chegou. Você está me inundando. Eu sinto. Oh! Que delícia!

Sem descanso, a pica do Padre castigou o interior do corpo de Bella, e a glande túrgida continuou a injetar a semente perolada bem no fundo daquele ventre adolescente.

— Oh, quanta fartura você me oferece — comentou Bella, enquanto vacilava sobre os pés e observava o fluido quente e espesso escorrer em todas as direções por suas pernas. — Como é branca e viscosa!

Essa era exatamente a condição pela qual o tio mais ansiava, e portanto ele resolveu tranquilamente se servir. Ele admirou as belas meias de seda da garota em total desalinho. Enfiou seus dedos entre os lábios rubros de sua boceta púbere e esfregou o sêmen que dela exsudava por toda a sua glabra barriga adolescente e por suas coxas.

Posicionando sua sobrinha de um modo conveniente diante de si, o sr. Verbouc expôs mais uma vez o seu campeão rijo e peludo e, excitado pelas circunstâncias excepcionais que ele tanto adorava, contemplou com zelo fervoroso aquelas partes tenras da moça, totalmente cobertas como estavam pela descarga do sacerdote e ainda transudando grossas e copiosas gotas de seu prolífico fluido.

Bella, por seu próprio desejo, abriu as pernas ao máximo. Seu tio prontamente enfiou seu corpo nu entre as viçosas coxas roliças.

— Mantenha-se imóvel, minha querida sobrinha. Meu pau não é tão grosso nem tão longo quando o do padre Ambrose, mas eu sei foder muito bem, e você deve provar se a porra do seu tio não é tão grossa e pungente quanto a de qualquer eclesiástico. Sinta como estou duro.

— Ah! O senhor me faz passar tanta vontade — disse Bella. — Estou vendo que a sua coisa adorada espera por sua vez; veja como está vermelha. Meta-a em mim, querido tio, eu já estou novamente pronta, e o bondoso padre Ambrose já lubrificou bastante o caminho para o senhor.

O duro membro de cabeça rubra tocou os lábios vaginais entreabertos, escorregadios que estavam, o ápice entrou imediatamente, a grande haste rapidamente o seguiu, e com algumas estocadas constantes, logo se viu aquele parente exemplar enterrado até as bolas no ventre de sua sobrinha, refestelando-se luxuriosamente na fétida evidência da ímpia diversão que ela anteriormente tivera com o padre Ambrose.

— Meu querido tio — exclamou a garota —, lembre-se de quem o senhor está fodendo. Não é estranho? Sou a filha do seu irmão, sua própria sobrinha. Foda-me, então, titio. Ofereça-me seu pau em toda sua potência... foda-me! Ah, foda, foda, até sua matéria incestuosa se derramar dentro de mim. Ah, ah! Oh! — e possuída pelas ideias obscenas que conjurou, Bella se entregou à mais irrestrita sensualidade, para grande delícia de seu tio.

Aquele homem forte, satisfeito com a gratificação de sua indecência favorita, desferiu seus rápidos e poderosos golpes. Encharcada que fosse a condição em que se encontrava a fenda de sua bela adversária, era tão naturalmente pequena e apertada, que ele se viu preso da forma mais saborosa naquela abertura estreita, e seu prazer rapidamente progrediu.

Verbouc se ergueu e caiu sobre o corpo delicioso de sua jovem sobrinha. Mergulhava ferozmente e cada vez mais a cada estocada, e Bella agarrou-se a ele com a tenacidade da luxúria ainda insaciada. Seu pau ficou ainda mais duro e quente.

A excitação logo se tornou quase insuportável. A própria Bella deleitava-se ao máximo com o encontro incestuoso, até que, com um soluço, o sr. Verbouc se deixou cair para a frente, gozando sobre sua sobrinha, enquanto o fluido quente esguichava de seu corpo e novamente inundava as entranhas da garota. Bella também alcançou o clímax e enquanto sentia e acolhia a potente injeção, verteu a prova igualmente cálida do seu gozo.

Concluído assim o ato, Bella foi autorizada a fazer as necessárias abluções e então, depois de uma revitalizante rodada de taças de vinho, os três sentaram-se e conceberam um diabólico ardil para a violação e o desfrute da linda Julia Delmont.

Bella garantiu que o sr. Delmont estava sem a menor dúvida enamorado dela, e evidentemente queria só uma oportunidade para apressar as coisas rumo ao seu objetivo.

O padre Ambrose confessou que seu membro endurecia à simples menção do nome da bela garota. Ele a havia ouvido em confissão, e agora admitia às gargalhadas que não conseguia manter suas mãos afastadas de si próprio durante a cerimônia; o hálito dela provocava-lhe agonias de desejo sensual, era um perfume em si próprio.

O sr. Verbouc declarou-se igualmente ansioso para se refestelar em tão tenros encantos, cuja descrição o deixava desvairado de concupiscência, mas como levar o estratagema a cabo era a questão.

— Se eu a violasse sem qualquer preparação, arrebentaria suas partes pudendas — exclamou o padre Ambrose, exibindo uma vez mais sua máquina rubicunda, ainda fumegante com a evidência não removida de seu último gozo.

— Eu não poderia tê-la em primeiro lugar. Preciso da excitação de uma cópula anterior — objetou o sr. Verbouc.

— Eu gostaria de ver essa menina violada por inteiro — disse Bella. — Assistiria toda a operação com prazer e, enquanto o padre Ambrose estiver socado sua grande coisa dentro dela, você, titio, poderia me dar a sua como compensação pela dádiva que estamos ofertando para a bela Julia.

— Sim, isso seria duplamente delicioso.

— E será feito — exclamou Bella. — Santa Mãe de Deus! Como a sua pica está dura novamente, querido padre Ambrose!

— Ocorreu-me uma ideia que causou uma ereção violenta só de pensar: pôr em prática o que seria o auge da libertinagem e, consequentemente, do prazer.

— Vamos ouvi-la — exclamaram ambos ao mesmo tempo.

— Espere um momento — disse o homem santo, permitindo que Bella arregaçasse suavemente a pele que cobria a cabeça púrpura de sua ferramenta e titilasse o orifício úmido com a ponta de sua língua.

— Ouça-me — disse Ambrose. — O sr. Delmont está apaixonado por Bella aqui presente. Nós estamos enamorados da filha dele, e nossa criança aqui, que agora está chupando meu pau, iria gostar que a meiga Julia o tivesse enfiado até suas entranhas, só para possibilitar à sua própria pessoinha perversa e libertina uma dose extra de prazer. Até aqui nós todos estamos de acordo. Agora concedam-me sua atenção e, só por um momento, Bella, deixe minha ferramenta em paz. Este é o meu plano. Eu sei que a pequena Julia não é insensível aos instintos animais. Na verdade, o diabinho já sente as aguilhoadas da carne. Um pouco de persuasão e outro pouco de embuste farão o resto. Julia consentirá em obter o alívio para aquelas agradáveis aflições do apetite carnal. Bella deve trazê-la até aqui e encorajar essa ideia. Nesse meio tempo, ela também pode fazer com que o sr. Delmont avance mais. Ela pode permitir que ele se declare, se quiser. Na verdade, isso é necessário para o sucesso do plano. Então, eu devo ser chamado. Eu sugerirei que o sr. Verbouc é um homem acima de quaisquer preconceitos vulgares, e que por uma certa soma sobre a qual se entrará em acordo, ele cederá sua sobrinha linda e virgem aos abraços apaixonados dele.

— Não estou entendendo — iniciou Bella.

— Não vejo o objetivo disso — interpôs-se o sr. Verbouc.
— Nós não estaremos nem perto de alcançar nosso propósito.

— Espere um momento — continuou o homem santo. — Todos estamos de acordo até aqui... ora, Bella deve ser vendida ao sr. Delmont; ele estará autorizado a colher a plenitude dos seus lindos encantos em segredo, ela não o verá, nem ele a ela; pelo menos, não o seu semblante, que deverá permanecer oculto. Ele será introduzido em seu agradável quarto de dormir, apreciará o corpo, inteiramente nu, de uma adorável adolescente, saberá que é sua vítima e gozará dela.

— Eu! — interrompeu Bella. — Por que todo esse mistério?

O padre Ambrose deu um sorriso repugnante.

— Você verá, Bella... seja paciente. Nós queremos desfrutar de Julia Delmont. O sr. Delmont quer desfrutar de você. Nós só podemos alcançar nosso propósito se evitarmos ao mesmo tempo um escândalo. O sr. Delmont deve ser silenciado, ou nós podemos padecer em decorrência de termos violado sua filha. Ora, minha intenção é que o lascivo sr. Delmont viole "sua própria filha" em lugar de Bella, e então, tendo ele assim aberto o caminho para nós, prevalecer-nos-emos do fato para satisfazer também nossas luxúrias. Se o sr. Delmont cair na armadilha, nós podemos permitir que ele tenha conhecimento de seu incesto, para depois recompensá-lo com o real gozo de nossa doce Bella, em troca do corpo de sua filha ou, caso contrário, agirmos conforme ditarem as circunstâncias.

— Oh! Eu estou quase gozando — gritou o sr. Verbouc. — Minha arma está prestes a disparar! Que trama! Que imagem deliciosa.

Ambos os homens se levantaram. Bella estava envolvida em seus abraços, dois membros grandes e duros pressionavam-se contra seu corpo macio. Eles a conduziram até o sofá.

Ambrose se deixou cair de costas. Bella montou sobre seu corpo, tomando aquele pênis de garanhão em sua mão e metendo-o em sua própria fenda.

O sr. Verbouc assistia.

Bella agachou-se até que a enorme arma estivesse inteiramente alojada. Depois ela se deitou sobre o corpulento padre e começou uma ondulante e deliciosa série de movimentos.

O sr. Verbouc via sua linda bunda subir e descer, separando-se e fechando-se a cada impulso sucessivo.

Ambrose havia se introduzido até o cabo, isso era evidente, pois suas grandes bolas pendiam logo abaixo, e os lábios carnudos das partes em flor da garota desciam sobre ambas a cada vez que ela se deixava cair sobre o homem.

A visão se revelou demasiada para ele. O virtuoso tio subiu no sofá, apontou seu pênis longo e tumefeito para o traseiro da delicada Bella e, com pouca dificuldade, conseguiu acomodar seu comprimento extremo nas entranhas da menina.

A bunda de sua sobrinha era volumosa e macia como veludo, e tinha a pele branca como alabastro. Verbouc, porém, não se deu ao trabalho de parar para contemplá-la. Seu membro já estava introduzido, e ele sentiu a estreita compressão do musculatura da pequenina entrada agir sobre si como nada mais no mundo o faria. As duas picas se esfregavam com apenas uma fina membrana as separando.

Bella sentiu o efeito enlouquecedor dessa dupla *jouissance*.[4] A excitação adquiria formidáveis contornos,

[4] Em francês no original: "prazer"; "deleite"; "orgasmo".

até que, por fim, o êxtase do combate em si provocou seu próprio alívio e torrentes de porra inundaram a doce Bella.

Depois disso, Ambrose descarregou duas vezes na boca de Bella, aonde seu tio também emitiu seu fluido incestuoso, e tal conclusão encerrou o entretenimento.

O modo como Bella realizou essa operação foi tão eficiente que provocou os mais calorosos encômios de seus parceiros.

Sentada à beira de uma poltrona, ela recebeu-os de pé diante de si, de modo que suas armas rijas estava quase à altura de seus lábios coralinos. Tomando, então a glande aveludada em sua boca, empregou suas suaves mãos para acariciar, bolinar e excitar a haste e seus apêndices. Desse modo, toda a potência dos nervos de seus companheiros foi empregada, e com os pênis ardentes na boca da garota, eles se deliciaram com a lúbrica titilação, até que os toques indelicados de Bella se provaram demasiados, e em meio a suspiros de emoção extática, sua boca e garganta foram subitamente inundadas por uma corrente jorrante de porra.

A pequena glutona engoliu tudo. Teria feito o mesmo por uma dúzia, se tivesse a oportunidade.

VIII

Bella continuou a me fornecer os mais deliciosos repastos. Seus membros juvenis nunca deixaram faltar os goles escarlates que eu sorvia, nem sentiam, ao ponto de alguma inconveniência mais grave, as minúsculas punções que eu era forçado, com toda relutância, a fazer para obter meu sustento. Decidi, portanto, permanecer com ela por mais que sua conduta nos últimos tempos tivesse se tornado, para dizer o mínimo, um tanto questionável e ligeiramente irregular.

Uma coisa eu observei com certeza, e isso foi que ela havia perdido todo sentimento de delicadeza e toda discrição virginal, e agora vivia apenas para as delícias da gratificação sensual.

Logo me satisfiz com o fato de que minha jovem dama não havia esquecido nada da lição que recebera sobre sua parte na conspiração cuja preparação estava em curso. Como ela desempenhou seu papel eu agora proponho relatar.

Não se passou muito tempo até que Bella se encontrasse na mansão do sr. Delmont e, como a sorte quis, ou antes devemos dizer como aquele digno homem em pessoa havia expressamente estipulado, sozinha com o apaixonado proprietário.

O sr. Delmont viu nisso a sua chance e, como um general astuto, partiu instantaneamente para o ataque.

Descobriu que sua doce acompanhante era ou inocente por inteiro sobre suas intenções, ou maravilhosamente disposta a encorajar seus avanços.

Já o anfitrião enlaçava com seus braços a cintura de Bella, enquanto aparentemente, como que por acidente, a macia mão direita dela, sob sua nervosa palma, estava pousada sobre sua coxa viril.

O que Bella sentiu sob ela revelava com clareza suficiente a violência das emoções do homem. Um latejar passou rapidamente através do duro objeto que jazia escondido, e Bella não ficou imune ao simpático espasmo que indicava o prazer sensual.

Gentilmente, o amoroso sr. D. puxou a garota para si e abraçou seu corpo complacente. Imprimiu subitamente um beijo em sua face e sussurrou palavras lisonjeiras que atraíssem a atenção dela para as suas atitudes. Ele tentou avançar mais: deslocou gentilmente a mão de Bella para o objeto duro, até que a jovem dama percebeu que a excitação dele provavelmente ficaria rápida demais.

Do início ao fim, Bella aderiu firmemente ao seu "personagem"; ela era a própria inocência recatada em pessoa.

O sr. D., encorajado pela não-resistência de sua jovem amiga, avançou outros e mais decididos passos. Sua mão devassa errou ao longo da borda do leve vestido de Bella e pressionou sua aquiescente panturrilha. Depois, com um ardor súbito e um beijo simultâneo nos lábios dela, passou rapidamente seus dedos trêmulos por baixo da saia e tocou suas coxas roliças.

Bella se encolheu. Em qualquer outro momento ela teria de bom grado se lançado de costas e proposto que ele fizesse o que quisesse; mas lembrou-se da lição que recebera, e seguiu com sua parte à perfeição.

— Oh, como o senhor é rude — gritou a jovem dama. — Que coisa indecente... eu não posso permitir que o senhor faça isso. Titio diz que não devo permitir que ninguém me toque aí... ou pelo menos não sem antes... — Bella hesitou, parou e fez um ar de tola.

O sr. Delmont estava tão curioso quanto enamorado.

— Sem antes fazer o quê, Bella?

— Oh, eu não devo lhe contar. Eu não deveria dizer nada sobre isso; só que o senhor, fazendo essa coisa tão rude, me fez esquecer.

— Esquecer o quê?

— Algo que meu titio frequentemente me diz — respondeu Bella com simplicidade.

— O que é? Conte-me.

— Eu não ouso... Além disso, não entendo o que significa.

— Eu explicarei, se você me contar o que é.

— Promete não contar a ninguém?

— Certamente.

— Bem, então, ele diz que eu jamais devo deixar que ninguém ponha as mãos ali, e que qualquer um que queira fazer isso, deve pagar muito bem.

— Ele realmente diz isso?

— Sim, ele diz mesmo. Ele diz que eu sou capaz de trazer-lhe uma boa soma desse jeito, e que há uma porção de cavalheiros ricos que pagariam por isso que o senhor quer fazer comigo, e ele diz que não é estúpido de perder uma chance dessas.

— Realmente, Bella, seu tio é um homem de negócios no sentido mais estrito. Não pensei que ele fosse esse tipo de pessoa.

— Oh, sim, mas ele é – gritou Bella. — Ele gosta muito de dinheiro, o senhor sabe, em segredo. E eu mal entendo o que ele quer dizer, mas às vezes afirma que venderia meu cabaço.

— Isso é possível? — pensou o sr. Delmont. — Que homem deve ser ele, que tino maravilhoso para os negócios ele deve ter.

De fato, quanto mais o sr. D. pensava naquilo, mais ficava convencido da veracidade da explicação bem planejada de Bella. Ela estava à venda. Ele a compraria; muito melhor assim do que correr o risco da descoberta e da punição por recorrer a uma ligação amorosa secreta.

Antes, porém, que ele pudesse fazer algo mais do que revolver essas circunspectas reflexões em sua mente, uma interrupção ocorreu com a chegada de sua filha Julia, e com muita relutância ele teve de liberar sua companhia e recompor-se tendo em vista o decoro.

Bella deu uma ligeira desculpa e foi para casa, deixando que o acontecimento tivesse sua repercussão.

A rota escolhida por minha bela dama passava por várias pastagens, e por uma trilha de carroças que desembocava na grande estrada que passava muito perto da casa de seu tio.

Era de tarde, e o dia estava particularmente bonito. A viela tinha várias curvas abruptas, e enquanto Bella seguia seu caminho, divertia-se observando o gado nos pastos vizinhos.

De repente, a viela tornava-se margeada por árvores e a longa fileira de troncos dividia a estrada da trilha de pedestres. Do outro lado do campo mais próximo ela viu vários homens trabalhando na aragem do solo, e a pouca distância, um grupo de mulheres havia interrompido por um momento seu trabalho de capina para trocar algumas ideias de interesse.

Do lado oposto da viela havia uma cerca viva, e olhando através desta, Bella teve uma visão que a encheu completamente de assombro. No pasto havia dois animais, um cavalo e uma égua. O primeiro evidentemente estivera ocupado em perseguir a segunda pelo terreno, e por fim encurralou sua companheira num canto não muito longe de onde Bella se encontrava.

Mas o que mais assombrou e surpreendeu Bella foi a maravilhosa ereção de um longo e cinzento membro excitado, que pendia debaixo da barriga do garanhão, e que vez ou outra saltava com um safanão impaciente de encontro ao seu corpo.

A égua evidentemente também havia notado, pois então parou perfeitamente quieta, com sua traseira voltada para o cavalo. Este encontrava-se premido demais por seus instintos eróticos para se delongar muito ao lado dela, e a jovem dama contemplou com maravilhamento a volumosa criatura montar por trás da égua e tentar introduzir nesta a sua ferramenta.

Bella observou com a respiração suspensa, tamanho era seu interesse, e viu o membro longo e túrgido do cavalo finalmente atingir o alvo e desaparecer por inteiro nas porções traseiras da égua.

Dizer que seus sentimentos sensuais se atiçaram seria expressar nada mais que o resultado natural de uma exibição tão obscena. Ela estava mais do que excitada: seus instintos libidinosos ficaram "em chamas". Apertou as próprias mãos e assistiu com interesse ao encontro lascivo; e quando, após um rápido e furioso intercurso, o animal retirou seu pênis gotejante, Bella olhou fixamente para este com um desejo insano de tomá-lo para si e manipular aquela coisa grande e pendente para sua própria gratificação.

Com esta disposição mental excitada, ela concluiu que algum tipo de ação seria necessária para aliviá-la da poderosa influência que a oprimia. Fazendo um esforço intenso, Bella desviou o rosto e, ao mesmo tempo, dando meia dúzia de passos à frente, deu de cara com uma visão que certamente não teria a tendência de aquietar sua excitação.

Bem no seu caminho encontrava-se parado um jovem rústico de cerca de dezoito anos. Suas feições belas, mas um tanto estúpidas, voltavam-se para o pasto onde os corcéis amorosos se divertiam. Uma falha na cerca dos fundos que margeava a estrada permitia-lhe uma visão excelente, em cuja contemplação ele se achava evidentemente tão interessado quanto Bella estivera.

Mas o que exigiu a atenção da garota foi o estado das vestes do rapaz, e a aparição de um tremendo membro, rubicundo e bem desenvolvido, que, de face descoberta e inteiramente exposto, erguia desavergonhadamente sua crista feroz em toda a sua plenitude diante dele.

Não havia como confundir o efeito que a visão no pasto produzira, pois o rapaz já havia desabotoado suas roupas de baixo, feitas de um material grosseiro, e mantinha seu punho nervoso sobre uma arma da qual um carmelita poderia muito bem se orgulhar. Com olhos ávidos, devorava a cena que se desenrolava perante ele no pasto, enquanto sua mão direita esfolava a coluna ereta e agitava-a vigorosamente para cima e para baixo, completamente alheio ao fato de que um espírito tão congenial testemunhava seus procedimentos.

Um sobressalto e uma exclamação que partiu involuntariamente de Bella fizeram com que ele olhasse imediatamente em sua volta, e ali, em plena vista diante dele estava parada uma linda garota, para quem sua nudez e sua ereção impudica estavam naquele momento completamente expostas.

– Oh, meu Deus! – exclamou Bella, tão logo pôde encontrar palavras. – Que visão assustadora! Que menino sem-vergonha. Ora, o que você está fazendo com essa coisa comprida e vermelha?

O rapaz, envergonhado, tentou desajeitadamente repor em seus calções o objeto que havia provocado tal comentário, mas sua confusão evidente e a rigidez da coisa em si tornaram a operação muito difícil, para não dizer tediosa.

Bella avançou gentilmente em seu socorro.

– O que é isso? Deixe-me ajudá-lo... como foi que saiu? Como é grande e duro, que comprimento ele tem! Minha nossa! Que tremendamente grande é o seu, garoto safado!

Casando a ação à palavra, a jovem dama pousou sua delicada e alva mãozinha sobre o pênis ereto do rapaz e, apertando-o apenas com a mais suave e quente pressão, é claro, tornou menos provável que ele conseguisse reentrar no seu refúgio.

Enquanto isso, o rapaz, recuperando gradualmente sua estólida presença de espírito, e observando a beleza e a aparente inocência de sua nova conhecida, cessou de trair qualquer desejo de assisti-la na louvável diligência de ocultar o membro rijo e ofensivo. De fato, isso se tornou impossível, mesmo que ele o tivesse desejado, pois tão logo o pulso dela se aproximou do objeto em questão, este adquiriu proporções ainda maiores, enquanto a cabeça purpúrea e distendida reluzia como uma ameixa madura.

— Que garoto safado! — observou Bella. — O que eu devo fazer com você? — prosseguiu ela, olhando com malícia para a bela face daquele rústico.

— Ah, como isso é gostoso — suspirou o rapaz. — Quem pensaria que você estava por perto, enquanto eu sentia tanto tesão, e que isso começaria a latejar e inchar logo agora.

— Isso é muita, muita sem-vergonhice — observou a jovem dama, apertando o seu punho e sentindo as labaredas inflamadas da lascívia ficarem cada vez maiores dentro de si. — Isso é terrivelmente errado e impróprio, você sabe muito bem, seu menino mau.

— Você viu o que aqueles cavalos estavam fazendo no pasto? — perguntou o rapaz, olhando interrogativamente para Bella, cuja beleza parecia clarear a sua mente obtusa, como os raios furtivos do sol sobre uma paisagem chuvosa.

— Sim, eu vi — respondeu a garota, inocentemente. — O que eles estavam fazendo... o que aquilo significa?

— Significa foder — respondeu o jovem, com um sorriso

malicioso. — Ele queria a égua, e a égua queria o garanhão, e por isso os dois se juntaram e foderam.

— Meu Deus, que interessante! — exclamou Bella, olhando com a mais pueril das ingenuidades do grande objeto em suas mãos para as feições do rapaz.

— Sim, foi engraçado, não foi? E, meu Deus, que ferramenta ele tinha, senhorita, não é mesmo?

— Imensa — murmurou Bella, enquanto parte de seus pensamentos estavam o tempo todo na coisa que ela esfregava lentamente para a frente e para trás em sua mão.

— Ah, você está me provocando — suspirou seu companheiro. — Que beleza é você e que delícia quando você o esfrega. Por favor, continue, senhorita, eu quero gozar.

— Quer mesmo? — sussurrou Bella. — Posso fazer você gozar?

Bella viu o objeto enrijecido ficar mais vermelho com as suaves bolinações que ela lhe aplicava, até que a ponta intumescida pareceu quase prestes a explodir. A ideia excitante de assistir o efeito da fricção contínua tomou violentamente posse dela. Por isso, aplicou-se com redobrada energia à sua tarefa indecente.

— Oh, por favor, sim... continue; está quase vindo. Oh! Oh! Que delícia quando você faz isso. Aperte mais... mais rápido... arregace bem. Agora, novamente. Oh! Meu Deus! Oh!

A ferramenta longa e dura ficou mais quente e rija, enquanto as mãozinhas voavam sobre ela.

— Ah! Uff!... Está vindo!... Uff! Uuh! — exclamou o rústico rapaz, numa pronúncia entrecortada, enquanto seus joelhos tremiam, e em meio a contorções e gritos abafados, seu grande e potente pênis esguichou um rápido fluxo do fluido espesso sobre as adoráveis mãozinhas que, ansiosas por se banharem naquela torrente cálida e viscosa, agora abraçavam amorosamente a grande haste, e extraíam dela a rápida chuva do extravasamento seminal.

Bella, surpresa e deliciada, bombeou cada gota — teria sugado-as, se fosse suficientemente ousada — e então, pegando seu lencinho de cambraia, esfregou a lambuzeira grossa e perolada de suas mãos.

Em seguida o jovem, acanhado e estúpido, ergueu o membro exangue e avaliou sua companheira com um ar misto de curiosidade e maravilhamento.

— Onde você mora? — ele por fim encontrou palavras para perguntar.

— Não muito longe daqui — respondeu Bella. — Mas você não deve tentar me seguir, e nem me encontrar, você sabe. Se fizer isso — continuou a jovem dama — será pior para você, pois eu jamais farei isso novamente, e você será punido.

— Por que não fodemos como o garanhão — sugeriu o rapaz, cujo ardor, apenas parcialmente aplacado, começava novamente a dar sinais de vida.

— Algum dia, talvez, mas não agora, pois estou com pressa. Estou atrasada; tenho de partir agora mesmo.

— Você me deixa enfiar minha mão dentro da sua roupa? Diga, quando virá novamente?

— Agora, não — disse Bella, afastando-se gradualmente. — Mas nós nos veremos novamente.

Ela acalentou uma lembrança vívida da coisa musculosa que estava nos calções dele.

— Diga-me — continuou ela —, alguma vez você já fodeu?

— Não, mas eu gostaria. Não acredita em mim? Bem, então... sim, eu já fodi.

— Estou chocada — exclamou a moça.

— Papai iria gostar de foder você — disse ele, sem hesitar, sem fazer caso dos movimentos que ela fazia para partir.

— Seu pai! Que medo. Como você sabe disso?

— Porque papai e eu fodemos as garotas juntos. A ferramenta dele é muito maior que a minha.

— Se é você que diz... Mas está falando sério quando afirma que seu pai e você fazem essas indecências em companhia um do outro?

— Sim, quando temos chance. Você deveria vê-lo foder. Ah! Juro por Deus! — e deu um sorriso idiotizado.

— Você não parece ser um menino muito inteligente — disse Bella.

— Papai não é tão inteligente quanto eu — respondeu o rapaz, alargando seu sorriso e exibindo seu pau, novamente meio duro. — Agora eu sei como foder, apesar de só ter feito isso uma vez. Você devia me ver fodendo.

E Bella viu a grande ferramenta apontar para ela e latejar.

— Com quem você fez isso, então? Seu menino safado.

— Uma garotinha de quatorze anos. Papai e eu a fodemos juntos, e a rasgamos ao meio.

— Qual de vocês foi primeiro? — intimou Bella.

— Eu, e papai me pegou. Então ele quis a vez dele e me fez segurá-la. Você devia vê-lo foder. Juro por Deus!

Poucos minutos depois, Bella estava novamente a caminho, e chegou em casa sem outras aventuras.

IX

Quando Bella relatou o resultado de sua entrevista com o sr. Delmont naquela noite, um discreto risinho de satisfação escapou dos lábios dos dois conspiradores. Ela não disse nada, porém, sobre o jovem rústico que havia encontrado no caminho. Com essa parte de suas performances do dia ela considerou bastante desnecessário perturbar tanto o astuto padre Ambrose quanto o seu não menos sagaz parente.

O complô evidentemente estava prestes a dar certo. A semente tão discretamente plantada iria seguramente frutificar, e quando Ambrose pensou na deliciosa iguaria que sem dúvida algum dia seria sua na pessoa da linda jovem Julia Delmont, seu espírito se elevou e suas paixões animais alimentaram-se por antecipação com o delicado manjar que futuramente lhe seria servido, até que o resultado se tornou visível pela imensa distensão de seu membro e pela excitação que toda a sua conduta traía.

Tampouco o sr. Verbouc sentia-se menos tocado. Sensual até o grau mais extremo, prometeu a si próprio banquetear sua devassidão nos encantos recém-abertos da filha de seu vizinho, e o pensamento da iguaria que estava por ser servida agiu do mesmo modo sobre o seu temperamento nervoso.

Havia ainda alguns detalhes a arranjar. Estava claro que o simplório sr. Delmont viria sondar seu caminho quanto à veracidade das afirmações de Bella sobre a disposição de seu tio de vender sua virgindade.

O padre Ambrose, cujo conhecimento do homem levara-o a sugerir a ideia a Bella, sabia muito bem com quem estava lidando – afinal, quais entre aqueles que tiveram o privilégio de contar com ele como seu confessor não expuseram sua natureza mais íntima a esse santo homem no exercício do sagrado direito à confissão?

O padre Ambrose era discreto, ele observava fielmente o silêncio imposto por sua religião, mas não tinha escrúpulos em usar os fatos de que se tornava dessa maneira detentor para atingir seus propósitos pessoais – e quais eram estes o leitor a esta altura já sabe tão bem quanto eu.

Assim, o plano estava arranjado. Em certa ocasião a ser combinada, Bella deveria convidar sua amiga Julia para passar o dia consigo na casa de seu tio, e o sr. Delmont, pretendia-se, deveria ser instruído a ir buscá-la para a levar de volta para casa. Após um certo intervalo de flerte entre ele e a inocente Bella, havendo-lhe tudo sido explicado e combinado com antecedência, a moça deveria retirar-se e, sob o pretexto de que seria absolutamente necessário que tais precauções fossem tomadas a fim de evitar a possibilidade de escândalo, a garota lhe seria apresentada deitada sobre um divã num quarto apropriado, onde seu belo corpo e seus encantos estariam à disposição dele, embora sua cabeça permanecesse oculta por trás de uma cortina cuidadosamente cerrada. Assim, o sr. Delmont, ávido pelo terno encontro, poderia colher a joia por ele cobiçada daquela adorável vítima, enquanto ela – ignorando quem poderia ser seu atacante – jamais poderia acusá-lo posteriormente pelo ultraje ou sentir constrangimento em sua presença.

Tudo isso deveria ser explicado ao sr. Delmont, e sua aquiescência era dada como certa, pretendendo-se manter apenas uma reserva: ninguém lhe contaria que sua própria filha tomaria o lugar de Bella. Ele só viria a saber quando fosse tarde demais.

Enquanto isso, Julia seria gradualmente preparada em segredo para o que deveria acontecer, sem que nenhuma menção fosse feita, é claro, à catástrofe final ou ao real participante desta. Mas nisso o padre Ambrose sentia-se em casa, e por meio de inquirições bem dirigidas e muitas explicações desnecessárias no confessionário, ele logo introduziu a jovem no conhecimento de coisas que ela previamente jamais nem mesmo sonhara, todas as quais Bella teve o cuidado de explicar e confirmar.

Todos esses assuntos foram finalmente resolvidos em conferência, e a consideração do tema havia produzido, por antecipação, um efeito tão violento sobre os dois homens, que eles agora estavam em vias de comemorar sua boa fortuna possuindo a adorável e jovem Bella com tamanho ardor que jamais haviam sido capazes de superá-lo.

Minha jovem dama, por sua vez, não se sentia nada relutante em ceder seu corpo às fantasias de ambos, e como ela agora sentava-se ou deitava-se de costas sobre o divã macio com um membro duro e ereto em cada mão, suas próprias emoções se excitaram proporcionalmente, até que passou a ansiar pelos vigorosos abraços de que tinha certeza que iriam se seguir.

O padre Ambrose, como de costume, foi o primeiro. Ele a virou, posicionou-a de bruços e, instruindo-a para que estendesse suas nádegas brancas e rechonchudas o mais para trás que lhe fosse possível, parou por um momento contemplando o delicioso panorama e a pequenina e delicada fenda que se fazia apenas visível abaixo deste. Sua arma, de tamanho redobrado e bem servida de sua essência natural, ergueu-se de maneira atroz e passou a ameaçar ambas as entradas dos deliciosos abrigos do amor.

O sr. Verbouc, como antes, dispôs-se a testemunhar aquele ataque desproporcional, com a evidente intenção de desempenhar seu papel favorito logo em seguida.

Padre Ambrose avaliou, com uma expressão maliciosa, os promontórios brancos e arredondados que se encontravam bem diante dele. As tendências clericais de sua educação excitavam-no a cometer uma infidelidade contra a deusa, mas o conhecimento do que dele se esperava por parte de seu amigo e patrono conteve-o por aquele momento.

— Adiamentos são perigosos — disse ele. — Meus reservatórios estão cheios demais, esta querida criança deve receber logo o conteúdo deles, e você, meu amigo, deve se deliciar com a abundante lubrificação que eu lhe proporcionarei.

Ambrose, ao menos nessa ocasião, não falou nada além da verdade. Sua enorme arma, encimada pela rombuda cabeça púrpura, cujas vastas proporções assemelhavam-na a uma brilhosa fruta madura, erguia-se firme de encontro ao seu umbigo, e seus testículos imensos, rijos e redondos, pareciam sobrecarregados com o licor venenoso que ardiam por descarregar. Uma gota espessa e opaca — um "*avant-courrier*"[1] daquele esguicho que se seguiria

---

[1] Em francês no original: "aquele que anuncia com antecipação"; "precursor".

— apareceu sobre o ápice obtuso de seu pênis, enquanto, incendiado de luxúria, o sátiro se aproximava de sua presa.

Abaixando apressadamente a haste ereta, Ambrose pôs a grande bolota entre os lábios da tenra fenda de Bella e, uma vez que esta já se encontrava toda untada, começou a introduzi-la na garota.

— Uau, que duro! Como você é grande! — gritou Bella. — Está me machucando. Está indo fundo demais. Oh! Pare!

O efeito teria sido o mesmo se Bella estivesse apelando ao vento. Uma rápida sucessão de estocadas, algumas pausas nos intervalos, mais esforços, e Bella acabou empalada.

— Ah! — exclamou o violador, voltando-se em triunfo para o seu assistente, enquanto seus olhos cintilavam e sua boca impudente salivava com o prazer que ele estava sentindo. — Ah, isto é mesmo uma delícia. Como ela é apertadinha, e olhe que recebeu tudinho. Eu estou enfiado nela até as bolas.

O sr. Verbouc fez uma inspeção cuidadosa. Ambrose estava certo. Nada além dos seus enormes testículos permanecia visível dos seus genitais, e estavam fortemente pressionados entre as pernas de Bella.

Nesse meio tempo, Bella sentia o calor do intruso em suas entranhas. Ela era sensível ao ralar e cavoucar da grande cabeça dentro de si, e num instante suas emoções mais lúbricas a dominaram e, com um grito tênue, gozou em profusão.

O sr. Verbouc estava deliciado.

— Meta! Meta! — disse ele. — Ela gosta, enfie tudo... meta!

Ambrose não precisava de tal incentivo. Segurando Bella pelos quadris, enterrava-se por inteiro a cada safanão. O seu prazer cresceu rapidamente. Ele recuou até sacar o seu pênis fumegante, tirou tudo exceto a glande, e depois, dando um bote para a frente, emitiu um rugido baixo, e esguichou um verdadeiro dilúvio de fluido quente para o interior do delicado corpo de Bella.

A garota sentiu aquela matéria cálida e gotejante ser disparada com violência dentro de si, e mais uma vez verteu o seu tributo. Os grandes jatos que agora se derramavam para dentro de suas vísceras partindo das poderosas reservas do padre Ambrose, cujo dote singular nesse aspecto eu já expliquei anteriormente, provocou as mais vívidas sensações em Bella, e ela experimentou o mais agudo dos prazeres durante a descarga daquele homem.

Mal Ambrose havia se retirado e já o sr. Verbouc tomou posse de sua sobrinha e começou a aproveitar, vagarosa e deliciosamente, os mais secretos encantos da moça. Depois de um intervalo de vinte minutos completos, durante os quais o tio impudico se refestelou de prazeres até satisfazer seu coração, completou sua gratificação com uma copiosa descarga, que Bella recebeu com espasmos de deleite, de tal forma que nenhuma outra mente que não fosse inteiramente lasciva poderia saborear.

— Eu me pergunto — disse o sr. Verbouc, depois de ter recobrado o fôlego e se refrescado com um grande trago de um excelente vinho. — Eu me pergunto como essa minha querida criança consegue me inspirar com um gozo tão sobrepujante. Nos braços dela eu me esqueço de mim mesmo e do resto do mundo. A intoxicação desses momentos me transporta consigo, e eu me delicio por não conhecer mais nada além de êxtase.

A observação, ou reflexão, chame como quiser, do tio foi parcialmente dirigida ao bom padre e, sem dúvida, era em certa medida o resultante da ação interior dos estados de espírito que involuntariamente subiram à superfície e se configuraram em palavras.

— Eu poderia lhe responder. Acho apenas — disse Ambrose em tom sentencioso — que talvez você não acompanhasse meu raciocínio.

— Explique-me, de todo modo — respondeu o sr. Verbouc. — Sou todo ouvidos, e acima de todas as coisas eu gostaria de ouvir sua razão.

— Minha razão, ou antes deveria dizer, minhas razões — observou o padre Ambrose — são manifestas quando se está de posse da minha hipótese.

Então, tomando uma pitada de rapé, um hábito que os bons homens geralmente se permitem antes de se entregarem a qualquer reflexão importante, ele continuou:

— O prazer sensual deve ser sempre proporcional à adaptabilidade das circunstâncias que se pretendem capazes de produzi-lo. E isso é paradoxal, pois quanto mais avançamos rumo à sensualidade, mais voluptuosos nossos gostos ficam, maior se torna a necessidade de que essas circunstâncias, em si, devam variar. Não me entenda mal; tentarei me expressar de modo mais claro. Por que um homem comete um estupro quando está rodeado de mulheres dispostas a conceder-lhe o uso de seus corpos? Simplesmente porque não se contenta em estar de acordo com a participação da parceira no seu gozo, e é a própria rejeição desta que constitui seu prazer. Sem dúvida, há instâncias em que um homem de mente brutal, buscando apenas o alívio de sua sensualidade, quando não lhe é possível encontrar um objeto disposto à sua gratificação, força uma mulher – ou uma criança – à sua vontade, sem qualquer outro objetivo que o alívio imediato daqueles instintos que o enlouqueciam, mas faça uma busca nos registros de tais crimes, e você descobrirá que de longe o maior resultado é o dos que são deliberadamente concebidos, planejados e executados em lugar dos meios óbvios e até mesmos legais de gratificação. A oposição ao desfrute que ele se propôs serve para aguçar seu apetite libertino, e a introdução dos aspectos do crime e da violência acrescenta condimento à matéria, que obtém um lugar cativo em sua mente. É errado, é proibido, portanto vale a pena buscar, torna-se delicioso. Afinal, qual é a razão por que um homem de constituição vigorosa e capaz de gratificar uma mulher plenamente desenvolvida, prefere uma mera criança de quatorze anos? Eu respondo, porque essa disparidade, por sua própria natureza, proporciona-lhe prazer, gratifica a imaginação e constitui a exata adaptabilidade das circunstâncias de que eu falei. Com efeito é, obviamente, a imaginação que está agindo. A lei do contraste é uma constante nisso, como em tudo mais. A mera distinção dos sexos não é em si suficiente para o voluptuoso cultivado – existe a necessidade de contrastes mais avançados e especiais para aperfeiçoar a ideia que ele concebeu. As variações são infinitas, mas ainda assim a mesma lei é determinável em todas elas. Homens altos preferem mulheres baixas; homens louros, mulheres escuras; homens fortes escolhem as mulheres fracas e delicadas, e estas são mais afeitas aos parceiros vigorosos e robustos. Os dardos de cupido têm como ponta a incompatibilidade e como pena as incongruências mais extremas. Ninguém, a não ser os animais inferiores, as próprias bestas, copulará indiscriminadamente com o sexo oposto, e mesmo estas têm suas preferências e desejos, tão irregulares quanto os do gênero humano. Quem nunca viu a conduta inatural de um casal de cães de rua, ou riu dos esforços desengonçados de algum velho touro, que conduzido ao mercado com o restante do rebanho, extravasa seus instintos sensuais montando o lombo de seu vizinho mais próximo? Assim eu respondo à sua indagação, e assim eu lhe ofereço minhas explicações para a sua preferência por sua sobrinha, pela doce mas proibida parceira, cujas pernas deliciosas eu agora comprimo.

Quando padre Ambrose concluiu, olhou por um instante para a bela garota, e sua grande arma cresceu até suas dimensões máximas.

— Venha, minha fruta proibida — disse ele. — Deixe-me colhê-la, deixe que eu me delicie em você até fartar meu coração. Esse é o meu prazer, meu êxtase, minha satisfação delirante. Vou submergi-la no pântano do meu sêmen, vou possuí-la contra os ditames da sociedade... Você é minha, venha!

Bella olhou para o membro encarnado e rígido de seu confessor, notou que o olhar excitado dele se fixava em seu corpo púbere. Ela conhecia a sua intenção, e preparou-se para gratificá-lo.

Ele já havia penetrado com frequência o tenro ventre da garota e enfiado todo o comprimento daquele pênis majestoso em suas pequenas e sensíveis intimidades. A dor da distensão agora cedia caminho ao prazer, e a carne jovem e elástica se abria para receber a coluna cartilaginosa, com desconforto suficiente apenas para fazê-la tomar mais cuidado durante a recepção.

O bom homem olhou por um momento para o panorama tentador que se encontrava diante de si, depois avançou, separou os lábios rosáceos da fenda de Bella, e meteu a lisa ponta de sua grande lança: Bella recebeu-a com um estremecimento de emoções combinadas.

Ambrose continuou a penetrá-la até que, depois de algumas estocadas ferozes, enterrou-se em todo seu comprimento no corpo estreito e jovem, e assim ela o recebeu dentro de si até as raízes.

Depois seguiu-se uma série de contrações vigorosas de um lado, e de soluços espasmódicos e gritos abafados de outro. Se os prazeres do santo homem eram intensos, os de sua parceira adolescente eram igualmente extáticos. Seu rijo órgão já estava bem lubrificado com a descarga dela e, então, com um rugido provocado pela intensidade do sentimento, ele mais uma vez alcançou sua consumação, e Bella sentiu uma torrente de gozo arder violentamente em suas vísceras.

— Ah, vocês me inundaram, vocês dois — disse ela, notando, enquanto falava, uma grande poça que cobria suas pernas e se derramava sobre a cobertura do sofá entre suas coxas.

Antes que qualquer dos dois pudesse responder à observação, uma sucessão de gritos se fizeram ouvir na câmara silenciosa, e tornavam-se cada vez mais fracos à medida que prosseguiam, prendendo imediatamente a atenção de todos os presentes.

E aqui devo informar meu leitor de um ou dois pormenores que até agora, em minha capacidade rasteira, não havia julgado necessário mencionar. O fato é que as pulgas, ainda que sejam indubitavelmente membros ágeis da nossa sociedade, não podem estar por todos os lugares ao mesmo tempo, ainda que sem dúvida sejam capazes, e o façam, de compensar tal estorvo pelo exercício de uma agilidade raramente igualada por outros da tribo dos insetos.

Eu deveria ter explicado, como um contador de histórias humano, porém, talvez com algum circunlóquio e mais veracidade, que a tia de Bella, a madame Verbouc, a quem meus leitores foram muito superficialmente apresentados no capítulo de abertura de minha história, ocupava um quarto só para ela numa ala da mansão, onde passava grande parte de seu tempo, como a madame Delmont, em exercícios devocionais e, com um feliz desprezo por afazeres mundanos, geralmente deixava todo o gerenciamento doméstico da casa para a sua sobrinha.

O sr. Verbouc já havia atingido o estágio de indiferença aos carinhos de sua cara metade, e agora apenas raramente visitava sua câmara ou perturbava seu repouso com o propósito de exercer seus direitos matrimoniais.

Madame Verbouc, porém, ainda era jovem – apenas trinta e duas primaveras haviam se passado por aquela piedosa e devota cabeça – e bela, e havia ainda proporcionado ao seu marido a vantagem adicional de uma considerável fortuna.

A despeito de sua devoção, madame Verbouc às vezes sentia falta dos confortos mais sólidos proporcionados pelos abraços de seu marido, e apreciava com prazer intenso o exercício de seus direitos e suas ocasionais visitas ao leito dela.

Nessa ocasião, madame Verbouc havia se retirado cedo, como de costume, e a presente digressão é necessária para explicar o que se seguiu. Enquanto esta bondosa dama, portanto, está engajada naqueles deveres de toalete que nem mesmo as pulgas ousam profanar, vamos falar de outro e não menos importante personagem cuja conduta será necessário também investigar.

Ora, aconteceu que o padre Clement, cujas proezas nas disputas pelas deusas amatórias já tivemos ocasião de narrar, ressentiu-se pelo fato de a jovem Bella ter se retirado da Sociedade da Sacristia, e sabendo bem quem ela era, e onde poderia ser encontrada, havia espreitado durante alguns dias a residência do sr. Verbouc para tentar recuperar a posse de uma prenda tão deliciosa, da qual, deve-se lembrar, a astúcia de Ambrose havia privado seus "confrades".

Nessa tentativa, Clement foi auxiliado pelo Superior, que também lamentava com amargura a sua perda, sem, porém, suspeitar do papel que o padre Ambrose tivera nela.

Nessa tarde em particular, Clement havia se postado perto da casa e, vendo uma oportunidade, pôs-se a observar atentamente uma determinada janela da qual tinha certeza que fosse da adorável Bella.

Como são vãos, realmente, os cálculos humanos! Enquanto o desconsolado Clement, espoliado em seus prazeres, vigiava um dos quartos, o objeto de seus desejos banhava-se em prazer libertino entre seus dois vigorosos amantes em outro.

Enquanto isso, a noite avançava, e Clement, achando tudo muito quieto, deu um jeito de subir até o nível da janela. Uma tênue luz queimava no aposento, sob a qual o ansioso cura pôde distinguir uma dama repousando sozinha em pleno desfrute de um pesado sono.

Sem duvidar nem um pouco de sua capacidade de conquistar Bella para saciar seus desejos, bastando-lhe ganhar acesso aos ouvidos dela, e cioso da bênção que já havia recebido enquanto se refestelava em suas belezas, o canalha audacioso abriu furtivamente a janela e entrou no quarto de dormir. Bem envolto no hábito ondeante de um monge, e oculto sob seu amplo capuz, ele avançou na ponta dos pés até a cama, enquanto seu membro gigantesco, já desperto para os prazeres que se prometiam, já estava ereto de encontro à sua barriga hirsuta.

Madame Verbouc, despertada de um sonho agradável e sem duvidar nem por um momento de que fosse o seu fiel esposo quem tão calorosamente a assediava, voltou-se apaixonadamente para o intruso e, de bom grado, abriu suas coxas convidativas ao vigoroso ataque do homem.

Clement, por sua vez, igualmente seguro de que a jovem Bella estava em seus braços e, além do mais, nada relutante em admitir suas carícias, levou as coisas até o extremo, e enfiando-se com ardorosa pressa entre as pernas da dama, opôs seu imenso pênis aos lábios de uma fenda bem orvalhada e, plenamente inteirado das dificuldades que poderia encontrar numa garota tão jovem, deu um violento safanão para adiante.

Houve um movimento, suas volumosas partes baixas deram outro mergulho descendente, um ofegar por parte da dama, e lenta mas firmemente a gigantesca massa de carne dura penetrou, até estar completamente abrigada. Então, depois que esta passou pela primeira vez, madame Verbouc reconheceu a extraordinária diferença. Esse pênis tinha pelo menos o dobro do tamanho do de seu marido — a dúvida sucedeu à certeza. Na luz difusa, ela levantou sua cabeça. Acima dela era visível, próximo do seu, o semblante excitado do selvático Clement.

Instantaneamente houve uma luta, um violento clamor e uma vã tentativa de se desvencilhar de seu forte atacante.

Mas viesse o que viesse, Clement estava de plena posse e usufruto de sua pessoa. Ele não fez pausas num momento sequer, mas, pelo contrário, surdo aos gritos dela, meteu-se até seu comprimento máximo, e empenhou-se, com avidez febril, para consumar seu hórrido triunfo. Cego de furor e luxúria, ele se manteve insensível ao fato de a porta ter-se aberto, aos golpes que agora choviam sobre suas partes traseiras, até que, com os dentes cerrados e o bramido brando de um touro, o paroxismo o dominou, e ele verteu uma torrente de sêmen no ventre relutante de sua vítima.

Então, tomou consciência de sua posição e, temendo os resultados daquele detestável ultraje, levantou-se a toda pressa e, retirando sua arma espumante, escorregou para fora da cama pelo lado oposto ao do seu atacante. Esquivando-se o melhor que podia dos golpes cortantes que o Verbouc lhe dirigia e mantendo o capuz de seu hábito sobre sua face para evitar ser reconhecido, ele correu até a janela pela qual havia entrado e então, dando um salto de cabeça, teve sucesso em sua fuga pela escuridão, seguido pelas imprecações do furioso marido.

Já se havia declarado num capítulo anterior que a sra. Verbouc era uma inválida, ou melhor, imaginava ser, e tratando-se de uma pessoa de nervos fracos e hábitos reclusos, meu leitor pode concluir por si próprio qual foi provavelmente a sua condição depois de passar por um ultraje tão grosseiro. As enormes proporções do homem, sua força, sua fúria quase a mataram, e ela quedou sem consciência no leito que havia testemunhado sua violação.

O sr. Verbouc não era naturalmente dotado de assombrosos atributos de coragem pessoal e, ao assistir o agressor de sua esposa se livrar satisfeito da perseguição, permitiu que Clement batesse pacificamente em retirada.

Nesse meio tempo, o padre Ambrose e Bella, seguindo o marido ultrajado a uma distância respeitosa, testemunharam da porta semicerrada o desenrolar da estranha cena.

Tão logo o estuprador se levantou, Bella e Ambrose instantaneamente o reconheceram. Aliás, a primeira tinha, como o leitor já sabe, boas razões para recordar do imenso membro travesso que balançava gotejante entre as pernas dele.

Mutuamente interessados em preservar o silêncio, um olhar trocado entre ambos foi suficiente para indicar a necessidade de reserva, e eles se retiraram antes que qualquer movimento por parte da mulher ultrajada traísse sua proximidade.

Passaram-se vários dias até que a pobre sra. Verbouc estivesse bem o suficiente para deixar a cama. O choque sobre os seus nervos havia sido horrível, e nada além dos modos gentis e conciliatórios de seu marido capacitava-a a se levantar de modo algum.

O sr. Verbouc tinha suas próprias razões para deixar o assunto passar em branco, e não permitiu que nenhuma consideração além das conveniências pesasse sobre ele.

No dia seguinte à catástrofe que recordei acima, o sr. Verbouc recebeu uma visita de seu querido amigo e vizinho, o sr. Delmont, e depois de se reunir a portas fechadas com este por mais de uma hora, ambos se separaram com sorrisos reluzentes e os mais extravagantes cumprimentos.

Um havia vendido a sua sobrinha, o outro acreditava ter comprado aquela preciosa joia: uma virgindade.

Quando o tio de Bella fez o anúncio de que a barganha havia sido feita e o negócio devidamente arranjado, houve grande júbilo entre os conspiradores.

O padre Ambrose imediatamente tomou posse da suposta virgem e, mergulhando na garota todo o comprimento do seu membro, procedeu, como ele explicou, de forma a manter o lugar aquecido, enquanto o sr. Verbouc, mantendo-se à parte, como de costume, até que seu "confrade" tivesse terminado, atacou logo em seguida a mesma fortaleza musgosa, como faceciosamente se referia a ela, apenas para untar a passagem para seu amigo.

Então todos os detalhes foram finalmente acertados, e o grupo se desfez, confiante no sucesso de seu estratagema.

X

Desde o primeiro encontro naquela viela verdejante com o camponês cuja simplicidade tanto a havia interessado, Bella se delongava sobre as expressões que ele havia usado e sobre a extraordinária confissão acerca da cumplicidade de seu pai em relação à sua sensualidade. Era claro que sua mente era simplória até quase a idiotia, e a julgar pela sua observação de que "papai não é tão esperto quanto eu", ela presumia que a deficiência era congênita, e se perguntava se o pai possuiria a mesma ou — como o rapaz declarou — até maiores proporções em seus órgãos reprodutores.

Percebi com clareza, por seu hábito de pensar parcialmente em voz alta, que Bella não se importava com a opinião de seu tio, nem sentia mais medo do padre Ambrose. Ela estava indubitavelmente resolvida a seguir seu próprio caminho, qualquer que fosse, e eu, portanto, não me assombrei quando a surpreendi no dia seguinte tomando, aproximadamente no mesmo horário, a direção dos pastos.

Num campo ao lado do local onde havia assistido ao encontro sexual entre o cavalo e sua parceira, Bella descobriu o rapaz engajado em algum simples trabalho agrícola, e com ele havia outra pessoa, um homem alto e notavelmente escuro, de cerca de quarenta e cinco anos de idade.

Quase no mesmo momento em que ela os viu, o rapaz observou a presença da jovem dama, e enquanto corria na direção dela, depois de uma aparente palavra de explicação ao seu companheiro, exibiu sua satisfação com um largo sorriso.

— Aquele é papai — disse ele, apontando por sobre o ombro. — Venha trepar com ele.

— Que vergonha, seu menino safado — disse Bella, muito mais inclinada ao riso do que à raiva. — Como ousa empregar tal linguagem?

— Para que você veio? — perguntou o moço. — Não foi para foder?

A essa altura eles haviam alcançado o homem, que fincou sua pá no solo e começou a sorrir para a garota, de um modo quase idêntico ao de seu filho.

Ele era forte e bem constituído, e a julgar por seus modos, Bella pôde ver que o garoto havia-lhe contado em detalhes sobre o primeiro encontro de ambos.

— Olhe só para o papai, ele não é tesudo? — observou o jovem. — Ah! Você tem de ver como ele fode!

Não houve qualquer tentativa de disfarce. Os dois evidentemente se entendiam, e sorriam mais do que nunca. O homem pareceu aceitar isso como um imenso elogio, mas pôs seus olhos sobre aquela menina delicada, como igual ele provavelmente jamais conhecera antes, e era impossível não reconhecer o olhar de desejo sensual que brilhou nos seus grandes olhos pretos.

Bella começou a desejar jamais ter ido até ali.

— Eu queria te mostrar o cacetão do meu pai — disse o rapaz e, fazendo com que a ação se seguisse às suas palavras, começou a desabotoar as calças de seu respeitável progenitor.

Bella cobriu os olhos e fez menção de se retirar. Instantaneamente, o filho deu um passo para se posicionar por trás dela. Sua via de fuga pela trilha foi assim bloqueada.

— Eu gostaria de foder com você — exclamou o pai, numa voz rouca. — Tim também gostaria de foder com você, por isso não deve ir embora ainda. Fique e trepe com a gente!

Bella estava realmente assustada.

— Eu não posso – disse ela. — Vocês precisam mesmo me deixar ir. Não podem me deter dessa maneira; não podem me arrastar com vocês; deixem-me ir. Para onde estão me levando?

Havia uma pequena edificação num canto daquele campo, e eles já se encontravam diante da entrada. Mais um segundo, e a dupla já a havia empurrado para dentro e trancado a porta, abaixando uma grande trava de madeira sobre esta depois de passar.

Bella olhou em volta e viu que o lugar era limpo e estava parcialmente cheio de fardos de feno. Percebeu que resistir era inútil. Seria melhor ficar calma, e talvez, no final das contas, a estranha dupla não a machucasse. Ela notou, porém, que as calças de ambos estavam projetadas na frente, e duvidou que suas ideias não estivessem em harmonia com a sua excitação.

— Eu quero que você veja o pinto de papai. Minha nossa! Você tem que ver o saco, também.

Mais uma vez, o rapaz começou a desabotoar os calções de seu pai. Lá se foram as fraldas, e a camisa ficou exposta com alguma coisa por baixo, que fazia com que ela ficasse levantada de um modo curioso.

— Ah, aguente firme, papai — sussurrou o filho. — Deixe que a moça veja o seu cacete.

Dito isso, ele ergueu a camisa e expôs à face de Bella um membro ferozmente ereto com uma larga glande semelhante a uma ameixa, muito vermelha e grossa, embora de um comprimento não muito comum. Tinha uma considerável curvatura para cima, e a cabeça, que era dividida ao meio pela tensão do freio, curvava-se ainda mais para trás em direção à sua barriga peluda. A haste era imensamente grossa, um tanto achatada e tremendamente intumescida.

A garota sentiu seu sangue formigar ao olhar para aquilo. A glande era volumosa como um ovo — inchada e tendendo ao púrpura. Emitia um cheiro forte. O rapaz fez com que ela se aproximasse, e pressionasse sua mãozinha alva e aristocrática sobre aquela coisa.

— Eu não disse que era maior do que o meu — continuou o garoto. — Olhe aqui, o meu não chega nem perto da grossura do de papai.

Bella virou-se para olhar. O rapaz tinha suas calças abertas e seu pênis formidável em plena vista. Ele estava certo — o tamanho daquilo não se comparava ao do de seu pai.

O mais velho dos dois então segurou-a pela cintura. Tim também ensaiou pegá-la e enfiar sua mão por dentro das roupas dela. No meio de ambos, Bella balançava de um lado a outro. Um empurrão brusco jogou-a sobre o feno. Depois, lá se foi sua saia. O vestido de Bella era leve e largo e ela não usava anágua. Tão logo os dois avistaram suas pernas roliças e alvas, resfolegaram novamente e ambos se atiraram juntos sobre ela. Uma luta então começou. O pai, muito mais pesado e forte que o garoto, levou a vantagem. Seus calções caíam pelos calcanhares. Seu pau grande e grosso estava exposto e sacudia-se a três polegadas de seu umbigo. Bella abriu as pernas, ela desejava provar aquilo. Levou sua mão até ele. Era quente como fogo, e duro como uma barra de ferro. Interpretando mal as intenções dela, o homem afastou com rudeza o seu braço e, servindo-se com grosseria, encostou a ponta de seu pênis nos lábios vaginais rosados. Bella abriu suas partes pubescentes em toda a sua capacidade e, com várias estocadas enérgicas, o camponês penetrou-as até a metade. Nesse ponto, sua excitação o dominou. Ele ejaculou com violência, metendo-se por inteiro enquanto isso acontecia; uma torrente de fluido muito espesso esguichou para dentro dela e, no momento em que a volumosa glande tocava o útero, lançou grande quantidade de sêmen para dentro deste.

— Ei, você está me matando — gritou a garota, meio sufocada. — O que é isso tudo que você está derramando dentro de mim?

— Isso é porra. É o que isso é — observou Tim, e curvou-se, deliciado, para observar a operação. — Eu não te disse, ele é um fodedor e tanto.

Bella achou que o homem então iria sair e deixar que ela se levantasse, mas estava errada. O grande membro que se encontrava naquele momento cravado dentro dela, pareceu simplesmente ficar mais rigidamente ereto, e estirá-la de um modo pior do que antes.

Logo o camponês começou a agir para cima e para baixo, forçando seu membro cruelmente para o interior das partes tenras de Bella a cada investida. Sua satisfação parecia ser extrema. A descarga que já havia acontecido fazia com que seu porrete deslizasse para dentro e para fora sem dificuldade, e fazia com que aquela região macia do corpo espumasse com os movimentos rápidos.

Bella pouco a pouco ficou terrivelmente excitada. Sua boca se abriu, suas pernas se ergueram e suas mãos crisparam-se de maneira convulsa de cada lado do corpo. Ela passara a apreciar cada esforço e se deliciava ao sentir as ferozes estocadas com que aquele sensual sujeito enterrava a arma recendente em seu ventre juvenil.

Durante um quarto de hora, o conflito foi intenso de ambos os lados. Bella havia gozado várias vezes, e estava a ponto de verter uma emissão quente quando um furioso jorro de sêmen se projetou do membro do homem e inundou suas partes íntimas.

O sujeito então se levantou e, retirando seu pau encharcado, de onde ainda exsudavam as últimas gotas de sua farta ejaculação, parou de pé contemplando melancolicamente o corpo ofegante que havia acabado de liberar.

Como o homem conservava seu enorme aríete ameaçadoramente ereto diante de si, ainda fumegante da cálida bainha que ocupara, Tim, com verdadeiro esmero filial, começou a enxugá-lo ternamente, e devolveu-o, pendente e intumescido por sua recente excitação, para dentro da camisa e dos calções de seu pai.

Feito isso, o rapaz começou a lançar olhares lânguidos para Bella, que ainda permanecia, recuperando-se lentamente, largada sobre o feno. Devorando-a com os olhos e as mãos, Tim, que não encontrou resistência, começou a avançar com seus dedos pelas partes íntimas da moça.

O pai então se adiantou e, tomando a arma de seu filho nas mãos, começou a masturbá-lo para cima e para baixo. Logo estava rigidamente ereto, e apresentou-se diante da face de Bella uma formidável massa de carne e músculo.

— Pelo amor de Deus. Espero que você não vá enfiar isso em mim — murmurou Bella.

— Vou mesmo — respondeu o rapaz, com um de seus sorrisos bobos. — Papai bate punheta para mim, e eu gosto, mas agora pretendo foder você.

O pai guiou aquele porrete rumo às coxas da garota. Sua fenda, já nadando no gozo que o camponês havia ali despejado, recebeu prontamente a cabeça escarlate. Tim introduziu e, debruçando-se sobre ela, enterrou a longa haste até seus pelos roçarem a pele alva de Bella.

— Oh, é comprido que dá medo — gritou ela. — Seu pau é escandalosamente grande, garoto safado. Não seja tão violento. Oh, você está me matando! Isso é jeito de meter? Ah! Assim você não vai aguentar mais tempo; por favor, seja mais gentil. Ei, já está tudo dentro de mim. Eu já posso senti-lo chegando até a cintura. Oh, Tim, seu garoto horrível e mau!

— Mostre a ela — resmungou o pai, que apalpava as bolas do rapaz e afagava toda a volta de suas pernas durante esse tempo. — Ela aguenta, Tim. Não é uma beleza? Que bocetinha apertada ela tem, não é, garoto?

— Ugh, não fale, papai, assim eu não consigo.

Por alguns minutos, houve silêncio, exceto pelo ruído dos dois corpos arfantes em conflito sobre o feno. Depois de algum tempo, o garoto parou. Seu pau, embora duro como ferro e compacto como cera, aparentemente não havia produzido uma só gota. Num instante, Tim puxou-o totalmente para fora, com um ruído de sucção e todo reluzente com as secreções.

— Eu não consigo gozar — disse ele, com pesar.

— É a punheta — explicou o pai. — Eu bato umas para ele com tanta frequência que agora ele sente falta.

Bella ficou ali, ofegante e toda exposta.

O homem então aplicou sua mão ao pinto de Tim e começou a esfregá-lo vigorosamente para a frente e para trás. A garota esperava que a qualquer momento ele gozasse em seu rosto.

Depois de algum tempo assim excitando ainda mais o seu filho, o pai subitamente aplicou a glande ardente na fenda de Bella, e quando isso ocorreu, um perfeito dilúvio de esperma brotou dela e inundou internamente a garota. Tim se pôs em ação, contorcendo-se e esforçando-se, e terminou mordendo-a no braço.

Quando essa descarga já havia terminado e a última palpitação atravessou o enorme aríete do garoto, ele vagarosamente o retirou e deixou que Bella se levantasse.

Não tinham intenção, no entanto, de deixá-la partir, pois depois de abrir a porta, o rapaz olhou cautelosamente em volta e depois, reposicionando a trave de madeira, voltou-se para Bella.

— Foi divertido, não foi? — observou ele. — Eu te disse que papai era bom nisso, não disse?

— Sim, você disse mesmo, mas agora deve me deixar ir. Faça isso, como um bom garoto.

Um sorriso foi a única resposta.

Bella olhou na direção do homem, e qual foi seu terror ao vê-lo em estado de nudez, salvo por sua camisa e botas, e com uma ereção que prometia outro e ainda mais feroz assalto contra seus talismãs.

O membro do homem estava literalmente lívido com a tensão e erguia-se contra sua barriga peluda. A cabeça havia inchado imensamente com a irritação anterior, e de sua ponta uma gota reluzente pendia.

— Você vai me deixar fodê-la novamente? — inquiriu ele, enquanto apanhava a jovem dama pela cintura e punha a mão dela sobre sua ferramenta.

— Eu vou tentar — murmurou Bella, e vendo que não havia saída, sugeriu que ele sentasse sobre o feno, enquanto, com as pernas abertas sobre os seus joelhos, ele tentou introduzir a massa de carne cartilaginosa.

Depois de subir e descer algumas vezes, aquilo penetrou, e um segundo turno, não menos violento que o primeiro, teve início. Um quarto de hora completo se passou. Agora era aparentemente o mais velho que não conseguia chegar ao ponto de ejacular.

"Como eles são cansativos", pensou Bella.

— Bata uma para mim, querida — disse o homem, sacando seu membro do corpo dela, ainda mais duro do que antes.

Bella agarrou-o com ambas as suas mãozinhas e manipulou-o para cima e para baixo. Depois de excitá-lo um pouco dessa maneira ela parou e, percebendo um pequeno esguicho de sêmen exsudar da uretra, rapidamente posicionou-se sobre a enorme clava, e mal a havia abrigado quando uma torrente de porra jorrou para dentro dela.

Bella levantava e se deixava cair, ordenhando-o dessa forma até que tudo estivesse acabado, depois do que eles a deixaram partir.

Finalmente chegou o dia, raiou a manhã memorável em que a linda Julia Delmont iria perder aquele cobiçado tesouro que é tão ansiosamente concorrido, por um lado, e com frequência tão irrefletidamente descartado, por outro.

Ainda era cedo quando Bella ouviu os passos da garota degraus acima, e tão logo as duas amigas se uniram, mil prazerosos temas de conversa pueril dominaram os discursos de ambas, até que Julia começou a perceber que Bella escondia algo. Na verdade, sua loquacidade era simplesmente uma máscara para ocultar uma notícia que ela por algum motivo relutava em compartilhar com sua companheira.

— Eu sei que você tem algo para me dizer, Bella; há alguma coisa que eu ainda não ouvi e você tem que me contar. O que é, minha querida?

— Você não consegue adivinhar? — peguntou, com um sorriso maroto brincando no canto de seus lábios viçosos.

— Tem alguma coisa a ver com o padre Ambrose? — perguntou Julia. — Oh! Eu me sinto tão assustada e sem jeito quando o vejo, e no entanto ele me disse que não havia nada de mal no que fez.

— Se havia algo de mais, depende do quê. Mas o que ele fez?

— Oh, mais do que nunca. Ele me disse umas coisas, e depois passou seu braço em torno da minha cintura e me beijou, até quase me deixar sem fôlego.

— E depois — provocou Bella.

— Como eu posso lhe contar, minha mais querida amiga! Oh, ele disse e fez mil coisas, até eu pensar que estava prestes a perder a cabeça.

— Conte-me algumas delas, pelo menos.

— Bem, você sabe, depois de me beijar com tanta força, ele pôs seus dedos por baixo do meu vestido, e depois brincou com meu pé e minha meia, e em seguida sua mão deslizou mais para cima, até eu achar que iria desmaiar.

— Ah! Sua pequena devassa, tenho certeza de que você gostou do que ele fez o tempo todo.

— É claro que gostei. Como não poderia? Ele me fez sentir como nunca havia antes me sentido em toda a minha vida.

— Vamos, Julia, isso não é tudo... ele não parou aí, você sabe muito bem.

— Ah, não, é claro que não parou, mas eu não posso contar o que ele fez a seguir.

— Pare com essa criancice — gritou Bella, fingindo estar ofendida com a reticência de sua amiga. — Por que não confessa tudo para mim?

— Se devo contar, suponho que não há saída, mas parece tão chocante, e é tudo tão novo para mim, e no entanto não é pecado. Depois que me fez sentir como se estivesse morrendo de uma deliciosa sensação de tremor que seus dedos produziam, ele subitamente pegou minha mão na sua e posicionou-a sobre algo que se parecia com um braço de criança. Ele me mandou segurar bem firme. Fiz como ele me instruiu, e depois olhei para baixo e vi uma coisa grande e vermelha, com a pele branca e toda cheia de veias azuis, com uma ponta arredondada e engraçada, parecendo uma ameixa. Bem, eu vi que essa coisa crescia do meio das pernas dele, e que em baixo era coberta por uma grande quantidade de pelos pretos e crespos.

Julia hesitou.

— Vamos com isso — disse Bella.

— Bem, ele segurou minha mão em cima daquilo, fazendo com que eu esfregasse cada vez mais. Era tão grande, rijo e quente!

— Sem dúvida ficou assim de excitação por estar diante de tamanha belezinha.

— Depois ele pegou minha outra mão e pôs as duas juntas sobre aquela coisa cabeluda. Eu fiquei tão assustada quando vi como os olhos dele brilhavam e sua respiração ficava forte e rápida. Ele me tanquilizou. Chamava-me de sua querida criança e, depois de se levantar, mandou que eu aninhasse a coisa dura no meu peito. Aquilo se projetava perto do meu rosto.

— É só isso? — perguntou Bella, persuasivamente.

— Não, não, claro que não, mas eu tenho tanta vergonha. Devo prosseguir? Está certo eu divulgar essas coisas? Então, está bem. Depois que eu segurei aquele monstro no meu peito por um tempo pequeno, durante o qual ele latejava e fazia uma pressão morna e gostosa contra mim, o padre me pediu para beijá-lo. Eu obedeci imediatamente. Um cheiro vívido e sensual se ergueu, enquanto eu pressionava meus lábios naquilo. A pedido dele, continuei beijando. Ele ordenou que eu abrisse meus lábios e esfregasse a ponta entre eles. Uma umidade saiu imediatamente sobre minha língua, e num instante, um jato espesso de um líquido grosso correu para dentro da minha boca, e esguichou no meu rosto e nas minhas mãos. Eu ainda estava brincando com aquilo, quando o barulho de uma porta se abrindo do outro lado da igreja obrigou o bom padre a guardar o que eu estivera segurando – "pois", disse ele, "as pessoas comuns não devem saber o que você sabe, nem fazer o que eu permito que você faça". Os modos dele eram tão gentis e amáveis, e ele me fez pensar que era tão diferente de todas as outras garotas. Mas conte-me, Bella, minha querida, qual é a notícia misteriosa que você tem para me contar? Eu estou morrendo de curiosidade.

– Primeiro, responda-me se o bom Ambrose falou-lhe ou não de alegrias – de prazeres derivados do objeto com que você brincou, e se ele mencionou algum meio pelo qual tais delícias podem ser permitidas sem pecado?

– Claro que sim. Ele disse que em certos casos tal indulgência se torna um mérito.

– Como no casamento, por exemplo, eu suponho.

– Ele não disse nada sobre isso, exceto que o casamento com frequência traz muito pesar, e que até mesmo os votos do matrimônio podem, sob certas circunstâncias, ser quebrados vantajosamente.

Bella sorriu. Ela se recordava de ter ouvido em algum momento o mesmo encadeamento de raciocínios dos mesmos lábios sensuais.

– Sob que circunstâncias ele falou, então, que essas alegrias são permitidas?

– Apenas quando a mente está concentrada com firmeza em um bom motivo, superior à própria indulgência em si, e isso, ele diz, só pode acontecer quando alguma jovem, selecionada dentre as outras pelas qualidades da sua alma, dedica-se a aliviar os servos da religião.

– Entendo – disse Bella. – Prossiga.

— Então ele me disse como eu era boa, e também que seria meritório para mim exercer o privilégio do qual ele me dotou e devotar-me ao alívio sensual dele e de outros, cujos votos proíbem-nos de casar-se ou de gratificar de outra forma os sentimentos que a natureza implantou por igual em todos os homens. Mas, conte-me, Bella, você tem alguma notícia para mim... Eu sei que tem.

— Bem, então, se devo contar... devo contar, suponho. Saiba, portanto, que o bom padre Ambrose decidiu que será melhor que você seja iniciada imediatamente, e ele tomou providências para que isso aconteça hoje, e aqui.

— Oh, eu! Não diga isso! Eu sentirei tanta vergonha, ficarei tão assustadoramente intimidada.

— Ah, não, minha querida, já se pensou nisso tudo. Somente um homem tão bom e atencioso como o nosso querido confessor poderia ter arranjado tudo com tanta perfeição como ele fez. Decidiu-se que aquele nosso caro homem poderá apreciar toda a beleza que seu corpinho encantador é capaz de oferecer, ao mesmo tempo em que, para encurtar o caso, ele não poderá ver o seu rosto, e nem você o dele.

— Não me diga! Será no escuro, então, devo supor?

— De modo algum. Isso seria renunciar a todos os prazeres da visão, e ele perderia o rico prazer de olhar esses deliciosos encantos que o coração do nosso adorado está decidido a possuir.

— Você está me fazendo ficar vermelha, Bella. Mas como, então, isso vai acontecer?

— Haverá bastante claridade — explicou Bella, com o ar de uma mãe que se dirige à sua criança. — Será num quartinho agradável que nós temos. Você estará deitada sobre um divã disposto de maneira apropriada, e sua cabeça ficará por trás de uma cortina e por ela será oculta. Essa cortina cobre uma passagem que dá para um aposento contíguo, de modo que apenas a visão do seu corpo nu estará exposta ao seu fervoroso atacante.

— Oh, que vergonha! Também nua!

— Ah, Julia, minha querida e meiga Julia — murmurou Bella, enquanto o estremecimento de uma aguda sensação de êxtase a percorreu. — Que deleite será o seu; como você despertará para as deliciosas alegrias dos imortais e conhecerá, agora que se aproxima daquele período chamado puberdade, os confortos daquilo de que eu sei que você já sente necessidade.

— Oh, não, Bella. Eu imploro, não diga isso.

— E quando finalmente — continuou sua companheira, cuja imaginação já a havia conduzido a um devaneio cujas manifestações exteriores eram um tanto impenetráveis. — Quando finalmente o embate tiver acabado, os espasmos chegarem e aquela grande coisa latejante disparar seu fluxo viscoso daquela enlouquecedora delícia, oh! Então ela irá aderir àquela ânsia pelo êxtase, e dará em troca sua virgindade.

— O que você está murmurando?

Bella se levantou.

— Eu estava pensando — disse ela, com ar sonhador — em todas as alegrias de que você está prestes a participar.

— Oh, não — exclamou Julia. — Você me deixa vermelha quando diz essas coisas pavorosas.

Depois seguiram-se mais conversas, em que muitos assuntos de menor importância tiveram seu espaço, e enquanto tudo isso progredia, aproveitei a oportunidade para ouvir outro diálogo, que me pareceu muito interessante, mas do qual devo fornecer apenas um resumo para os meus leitores.

Teve lugar na biblioteca, e ocorreu entre os srs. Delmont e Verbouc. Eles evidentemente já haviam se entendido sobre os pontos principais da discussão, que, por incríveis que possam parecer, foram a entrega do corpo de Bella para o sr. Delmont em consideração a uma certa vultosa soma a ser paga naquele momento e local, e posteriormente investida em benefício de "sua querida sobrinha" pelo indulgente sr. Verbouc.

Por patife e sensualista que o homem fosse, não poderia entregar-se inteiramente à perpetração de uma transação tão nefanda sem algum pequeno lenitivo que aplacasse a consciência até mesmo de um ser tão inescrupuloso quanto ele.

— Sim — disse o bom e complacente tio —, os interesses de minha sobrinha são soberanos, meu caro senhor. Um casamento posterior não é improvável, mas a pequena indulgência que você exige será, eu creio, bem compensadora, portanto, aqui entre nós, como homens do mundo, você me entende, puramente como homens do mundo, mediante uma soma suficiente para indenizá-la pela perda de posse tão frágil.

Nesse ponto ele riu, principalmente porque seu convidado prosaico e obtuso não o entendeu.

Assim tudo ficou estabelecido, e restavam apenas os arranjos preliminares. O sr. Delmont estava fascinado, arrebatado pela indiferença um tanto pesada e apática daquele homem, quando foi informado de que a barganha seria executada sem demora, e que ele estava prestes a tomar posse daquela deliciosa virgindade que tanto ansiava para destruir.

Enquanto isso acontecia, o bom, querido e generoso padre Ambrose encontrava-se havia algum tempo na casa e já preparara a câmara onde o sacrifício teria lugar.

Depois de um suntuoso desjejum, o sr. Delmont viu-se separado da vítima de sua luxúria apenas por uma porta.

Quem era de fato essa vítima, ele não tinha a mais remota ideia. Pensava apenas em Bella.

No momento seguinte, ele já havia girado a chave e penetrado na câmara, cujo suave calor renovou e estimulou os instintos sensuais que seriam convocados a agir.

Santo Deus! Que panorama eclodiu perante sua visão extasiada. Bem diante dele, reclinado sobre um divã, e completamente nu, estava o corpo de uma jovem garota. Uma olhada bastou para demonstrar o fato de que ela era linda, mas levaria vários minutos para explorá-la em detalhes e descobrir todos os méritos distintos de cada delicioso membro e outras partes. As pernas bem torneadas, infantis em suas proporções roliças; os delicados seios acabados de amadurecer em duas das mais soberbas e alvas colinas de carne tenra; os botões rosados que apontavam em seus cumes; as veias azuis que corriam e meandravam aqui e ali e se exibiam através da superfície perolada como pequeninos regatos de fluido sanguíneo, apenas para realçar ainda mais a ofuscante brancura da pele. E então, oh! Então, o ponto central do desejo masculino, os róseos lábios bem fechados, onde a natureza adora fazer seus festins, de onde ela brota e para onde retorna — *la source*¹ — era ali visível em sua perfeição quase infantil.

Tudo estava realmente ali, exceto... a cabeça. Aquele mais importante dos membros chamava a atenção por sua ausência, e no entanto a suave sinuosidade da formosa virgem evidenciava claramente que ela não sofria qualquer inconveniente por aquele desaparecimento.

O sr. Delmont não demonstrou qualquer assombro por esse fenômeno. Ele havia sido preparado para isso, e também instruído para manter o mais estrito silêncio. Portanto, ocupou-se em observar e se deliciar por tais encantos que estavam preparados para o seu prazer.

Nesse meio tempo, tão logo ele se recuperou de sua surpresa e emoção à primeira visão de uma beleza tão desnuda, descobriu certas evidências de seus efeitos sobre aqueles órgãos sensuais que tão prontamente respondem nos homens de temperamento como os dele às emoções calculadas para produzi-los.

Seu membro, duro e túrgido agora se erguia em seus calções e ameaçava explodir para fora de seu confinamento. Ele, por conseguinte, o libertou, e permitiu que a arma forte e gigantesca saltasse para a luz e levantasse sua cabeça vermelha em presença de sua presa.

Leitor, sou apenas uma pulga. Tenho poderes limitados de percepção, e careço da habilidade para descrever a gentil progressão e os suaves toques rasteiros com que esse violador arrebatado se aproximava de sua conquista. Jubiloso em sua despreocupação, o sr. Delmont percorreu

---

¹Em francês no original: "a fonte".

com seus olhos e com suas mãos por toda parte. Seus dedos abriram a delicada fenda, sobre a qual apenas uma suave penugem havia já feito sua aparição, enquanto a garota, sentindo o intruso em seus territórios, coleava e se contorcia para evitar, com o acanhamento natural sob tais circunstâncias, seus toques devassos.

Mas então ele a atraiu para si. Seus lábios quentes pressionaram a barriga macia, os tenros e sensíveis mamilos dos seios adolescentes. Com mão voraz, ele se apoderou com firmeza dos quadris roliços da garota e, puxando-a em sua direção, abriu suas alvas pernas e plantou-se entre elas.

Leitor, eu já observei que sou apenas uma pulga. No entanto, pulgas têm sentimentos, e quais foram os meus quando assisti aquele membro excitado se aproximar dos lábios projetados da fenda orvalhada de Julia eu não tentarei descrever. Fechei os meus olhos. Os instintos sexuais da pulga macho se atiçaram em mim, e eu desejei — sim! Com que ardor eu desejei estar no lugar do sr. Delmont.

Enquanto isso, constante e firmemente ele prosseguiu em seu trabalho de demolição. Com uma estocada súbita, ameaçou penetrar as partes virgens da jovem Julia. Falhou... tentou novamente, e mais uma vez sua máquina frustrada escapou para cima e pousou palpitando sobre a barriga ofegante de sua vítima.

Durante esse período experimental, sem dúvida Julia teria certamente estragado o complô com um grito mais ou menos violento, não fosse por uma precaução adotada por aquele prudente desmoralizador e sacerdote, o padre Ambrose.

Julia havia sido drogada.

Mais uma vez o sr. Delmont voltou à carga. Ele empurrou, forçou para diante, bateu o pé no chão, enfureceu-se, espumou e oh, bom Deus! A tenra barreira elástica cedeu e ele entrou... entrou com um extático sentimento de triunfo; entrou, até que o prazer da compressão úmida e tesa extraiu de seus lábios selados um gemido de prazer. Entrou, até que sua arma, enterrada até os pelos que cobriam sua barriga, continuou pulsando e crescendo até ficar ainda mais dura e longa naquela bainha justa como uma luva.

Então, seguiu-se uma peleja que nenhuma pulga poderia descrever – suspiros de bem-aventurança e sensações arrebatadoras escapam de seus lábios salivantes, ele mete, ele se projeta para a frente, seus olhos se reviram, sua boca se abre e, incapaz de evitar a rápida consumação de seus prazeres luxuriosos, aquele homem forte exala sua alma, e com ela uma torrente de fluido seminal, que, lançada com grande impulso, esguicha para o ventre de sua própria filha.

Todo esse tempo, Ambrose fora um expectador oculto desse drama lúbrico, e Bella havia atuado do outro lado da cortina para evitar a ocorrência de qualquer pronunciamento por parte de sua jovem visitante.

Essa precaução era, porém, desnecessária, pois Julia, suficientemente recuperada dos efeitos do narcótico para sentir a dor aguda, havia desmaiado.

XI

Assim que a luta acabou, e o vitorioso, saindo de cima do corpo trêmulo da garota, começou a se recuperar do êxtase em que um encontro tão delicioso o havia lançado, a cortina foi repentinamente afastada para um dos lados e a própria Bella apareceu na abertura.

Se uma bala de canhão tivesse de repente passado perto do atônito sr. Delmont, não poderia ter-lhe causado nem metade da consternação que sentiu quando, mal acreditando em seus próprios olhos, parou de boca aberta, alternadamente fitando o corpo prostrado de sua vítima e a aparição daquela que ele supostamente acabara de desfrutar.

Bella, cuja sensual *négligé* destacava com perfeição sua beleza adolescente, fingiu uma aparência igualmente estupefata, mas simulando recuperar-se, recuou um passo, com uma bem ensaiada expressão de alarme.

— O quê?... O que é tudo isso? — inquiriu o sr. Delmont, cuja agitação impedia-o de lembrar que ainda nem mesmo recompusera suas roupas, e que um instrumento muito importante para a gratificação de seu recente impulso sexual pendia, ainda intumescido e viscoso, plenamente exposto entre suas pernas.

— Céus! Eu devo ter cometido um engano pavoroso — gritou Bella, cobrindo seus olhares furtivos daquela convidativa exibição.

— Conte-me, por piedade, que erro foi esse, e quem, então, está ali? — exclamou o trêmulo violador, apontando, enquanto falava, para o corpo nu que continuava prostrado diante dele.

— Oh, venha... vamos sair daqui — gritou Bella, avançando apressada para a porta e seguida pelo sr. Delmont, todo ansioso por uma explicação para o mistério.

Bella conduziu-o a um vestiário adjacente e fechou a porta com firmeza, atirou-se sobre um sofá luxuosamente arrumado, de modo a exibir liberalmente as suas belezas, enquanto fingia estar demasiadamente tomada de horror para perceber a indelicadeza de sua pose.

— Oh! O que eu fiz! O que eu fiz! — ela soluçava, escondendo seu rosto entre as mãos em aparente angústia.

Uma suspeita terrível passou como um relâmpago pela mente de seu acompanhante; ele falou com voz ofegante, meio sufocado de emoção.

— Diga... quem é aquela... quem?

— Não foi minha culpa... eu não sabia que era o senhor que eles haviam trazido até mim e... e... sem pensar... fiz com que Julia me substituísse.

O sr. Delmont cambaleou para trás, uma sensação confusa de algo horrendo desabou sobre ele, uma aflição obstruiu sua vista e então, gradualmente, ele despertou para o sentido pleno da realidade. Antes, porém, que pudesse pronunciar uma só palavra, Bella, bem instruída sobre o rumo que as ideias dele tomariam, apressou-se em evitar que ele tivesse tempo para pensar.

— Rápido! Ela não sabe de nada... foi um erro... um erro terrível, e nada mais. Se o senhor está desapontado, foi tudo minha culpa... não sua. Sabe que eu não pensei nem por um momento que seria o senhor. Eu acho – acrescentou ela, com um lindo beicinho e um sugestivo olhar de soslaio para o membro ainda protraído – que não foi nada gentil da parte deles não terem me contado que seria o senhor.

O sr. Delmont viu a linda garota que estava diante dele. Não podia senão admitir para si próprio que, quaisquer que tivessem sido seus prazeres no incesto involuntário de que havia participado, não eram, no entanto, sua intenção original, e isso o privara de algo por que pagara muito caro.

– Oh, se eles descobrirem o que eu fiz – murmurou Bella, mudando um pouco de posição e expondo parte de uma das pernas logo acima do joelho.

Os olhos do sr. Delmont cintilaram. Ainda que a contragosto, à medida que sua calma retornava, suas paixões animais se afirmavam.

– Se eles me descobrirem... – soluçou novamente Bella, e com isso levantou-se um pouco e atirou seus lindos braços em volta do pescoço do pai ludibriado.

O sr. Delmont pressionou-a num abraço apertado.

– Oh, meu Deus, o que é isso? – sussurrou Bella, cuja mãozinha havia se apoderado da arma viscosa de seu companheiro e encontrava-se agora engajada em apertá-la e remexê-la no seu pulso cálido.

O homem vil aproveitava todas as sensações que os seus toques despertavam, todos os seus encantos e, mais uma vez exaltado pela luxúria, não queria melhor destino que o de se refestelar na virgindade juvenil da garota.

– Se devo ceder – disse Bella –, seja gentil comigo.

Oh! Veja como você me toca! Oh! Tire sua mão de mim. Oh! Céus! O que você está fazendo?

Bella só teve tempo de dar uma ligeira olhada na cabeça rubra do membro daquele homem, mais dura e inchada do que nunca, pois no momento seguinte, ele já se atirara por cima dela.

A menina não opôs resistência e, inflamado por sua graça, o sr. Delmont rapidamente descobriu o ponto exato e, aproveitando-se da posição convidativa em que ela se encontrava, meteu com furor o seu pênis já lubrificado nas jovens e tenras partes íntimas da garota.

Bella soltou um gemido.

Cada vez mais fundo penetrava o dardo incandescente, até que as barrigas de ambos se uniram, e o homem se viu cravado até as raízes no corpo da garota.

Então teve início um rápido e delicioso encontro amoroso em que Bella executou sua parte com perfeição e, excitada por aquele novo instrumento de prazer, desmanchou-se numa torrente de gozo. O sr. Delmont logo seguiu seu exemplo, e disparou para dentro de Bella uma copiosa enxurrada de seu prolífico esperma.

Por vários segundos, ambos permaneceram imóveis, banhados na exsudação de seus êxtases mútuos e ofegantes do esforço dispendido, até que um leve ruído se fez ouvir, e antes que qualquer um deles tentasse se retirar ou sair da muito inequívoca posição em que ambos se encontravam, a porta do *boudoir* se abriu, e três pessoas fizeram simultaneamente sua aparição.

Eram o padre Ambrose, o sr. Verbouc e a meiga Julia Delmont.

Os dois homens pareciam amparar entre si a figura semiconsciente da moça, languidamente caída para um dos lados, apoiada no ombro do robusto padre, enquanto Verbouc, não menos favorecido por sua proximidade, sustinha a forma esguia da garota com seus braços musculosos, e mirava fixamente o seu rosto com um olhar de luxúria insatisfeita, tal como apenas um demônio encarnado poderia igualar. Ambos os homens encontravam-se num estado muito pouco decente de desalinho, e a pequena e desafortunada Julia estava tão nua quanto se encontrava quando, quase um quarto de hora antes, fora violentamente deflorada por seu próprio pai.

— Shh! — sussurrou Bella, pondo sua mão sobre os lábios de seu companheiro amoroso. — Pelo amor de Deus, não se incrimine. Eles não podem saber o que foi feito. Melhor sofrer tudo que confessar um fato tão terrível. Eles são impiedosos. Cuidado para não contrariá-los.

O sr. Delmont percebeu instantaneamente que a previsão de Bella era verdadeira.

— Vê! Tu, homem de luxúria — exclamou o piedoso Ambrose —, contempla o estado em que encontramos esta pobre criança — e, aplicando sua grande mão sobre a linda *motte* implume da jovem Julia, exibiu maliciosamente seus dedos, impregnados da ejaculação paterna, aos outros.

— Horrível! — observou Verbouc. — E que dirá se acontecer de ela estar grávida.

— Abominação! — gritou o padre Ambrose. — Nós devemos, sem sombra de dúvida, evitar isso.

Delmont gemeu.

Nesse meio tempo, Ambrose e seu coadjutor conduziram a linda e jovem vítima para o interior do recinto e começaram a cobri-la com aqueles toques preliminares e afagos lascivos que precedem a indulgência irrefreada da posse lúbrica. Julia, semidesperta pelos efeitos do sedativo que lhe haviam dado, e totalmente confusa pelos procedimentos da virtuosa dupla, parecia mal ter consciência da presença de seu pai, enquanto este valoroso homem, preso em sua posição pelos alvos braços de Bella, ainda jazia encharcado sobre a macia e alva barriga da garota.

– A porra escorre por suas pernas – exclamou Verbouc, inserindo com avidez sua mão entre as coxas de Julia –, que coisa chocante!

– Chega até a alcançar os seus lindos pezinhos – observou Ambrose, levantando uma das pernas roliças da garota, sob o pretexto de fazer um exame da delicada bota de pelica, sobre a qual realmente observara mais de uma gota de fluido seminal, enquanto, com olhar de fogo, explorava avidamente a racha rósea que assim se expunha à visão.

Delmont gemeu novamente.

– Oh, meu bom Deus, que beleza! – gritou Verbouc, beijando as nádegas arredondadas. – Ambrose, proceda à prevenção de quaisquer consequências que possam advir de uma circunstância tão incomum. Nada a não ser uma segunda emissão por parte de outro e vigoroso homem pode suprimir tal coisa de maneira positivamente segura.

– Sim, ela deve passar por tal coisa... isso é certo – murmurou Ambrose, cujo estado durante todo esse tempo pode ser melhor imaginado que descrito.

Sua sotaina estava projetada para a frente – todos os seus gestos traíam suas violentas emoções. Ambrose levantou seu hábito e concedeu liberdade ao seu falo enorme, cuja cabeça, rubicunda e inflamada, parecia ameaçar os céus.

Julia, horrivelmente apavorada, fez um débil movimento para escapar. Verbouc, deliciado, conteve-a sem disfarces.

Julia contemplou pela segunda vez o membro ferozmente ereto de seu confessor, e sabendo de suas intenções devido à iniciação por que havia passado previamente, quase desfaleceu de trêmulo temor.

Ambrose, como se pretendesse ultrajar os sentimentos de ambos, pai e filha, expôs plenamente os seus genitais enormes e brandiu o pênis gigantesco diante deles.

Delmont, sobrepujado pelo terror, e vendo-se nas mãos dos dois conspiradores, conteve o fôlego e escondeu-se do lado do corpo de Bella, que, deliciada além da conta pelo sucesso do plano, continuava aconselhando-o a permanecer neutro e deixar que os outros fizessem suas vontades.

Verbouc, que estivera acariciando com os dedos as partes orvalhadas da pequenina Julia, agora cedia-a à enfurecida luxúria de seu amigo, e preparava-se para seu passatempo favorito, o de assistir à violação.

O sacerdote, fora de si pela lubricidade, desvencilhou-se de suas alinhadas vestes e seu membro, inflexivelmente ereto por todo esse tempo, partiu para a deliciosa tarefa que o aguardava.

— Ela é minha, enfim — murmurou.

Ambrose imediatamente apanhou sua presa. Passou seus braços em torno dela e, erguendo-a do chão, levou a trêmula Julia até um sofá próximo e, atirando-se sobre seu corpo nu, esforçou-se com toda a sua potência para cumprir seu propósito. Sua arma monstruosa, dura como ferro, açoitou a pequenina fenda rósea, que embora já lubrificada com o sêmen que havia recebido do sr. Delmont, não era uma bainha capaz de abrigar com facilidade a espada descomunal que a ameaçava.

Ambrose continuou seus esforços. O sr. Delmont podia ver apenas uma massa ofegante de seda negra, à medida que a robusta silhueta do sacerdote se contorcia por cima do corpo de sua filhinha. Bastante experimentado para se deixar refrear por muito tempo por qualquer obstáculo, porém, Ambrose sentiu que ganhava terreno e, muito senhor de si para permitir que o prazer o dominasse cedo demais, ele então pôs abaixo toda oposição e um grito agudo de Julia anunciou a penetração do enorme aríete.

Grito após grito se sucederam, até que Ambrose, enfim enterrado com firmeza no ventre da jovem garota, sentiu que não poderia avançar mais, e começou aqueles deliciosos movimentos de vaivém, que concluiriam ao mesmo tempo o seu prazer e a tortura de sua vítima.

Enquanto isso, Verbouc, cujas emoções devassas haviam sido intensamente excitadas pela cena envolvendo o sr. Delmont e Julia, e subsequentemente por aquela que ocorreu entre este tolo homem e sua sobrinha, agora avançava em direção a Bella e, libertando-a do relaxante abraço de seu infortunado amigo, imediatamente abriu-lhe as pernas, avaliou por um momento o recendente orifício, e depois enterrou-se de um só golpe, numa agonia de prazer, em seu ventre bem ungido pela abundância do sêmen que já havia sido descarregado ali. Os dois casais agora executavam sua deliciosa cópula em silêncio, exceto pelos gemidos que partiam da semimorta Julia, o respirar estentóreo do feroz Ambrose e os grunhidos e soluços do Verbouc. A competição ficou mais veloz e prazerosa. Ambrose, após ter forçado seu pênis colossal até a massa crespa de pelos pretos que cobria-lhe a raiz para dentro da apertada fenda da mocinha, ficou perfeitamente lívido de luxúria. Ele empurrou, meteu e rasgou com a força de um touro; e não fosse a natureza ter finalmente intercedido em seu favor, fazendo com que seu êxtase chegasse ao clímax, e provavelmente sucumbiria à sua excitação com um ataque que provavelmente lhe teria vedado para sempre a repetição de tal cena.

Um grito alto partiu de Ambrose. Verbouc conhecia muito bem o seu significado: ele estava gozando. Seu êxtase serviu para acelerar o dele. Um uivo de apaixonada luxúria se ergueu dentro da câmara quando os dois monstros carregaram suas vítimas com seu extravasamento seminal. Não uma, mas três vezes o sacerdote disparou sua prolífica essência no âmago da tenra menina, antes de aplacar seu irado desejo febril.

Da maneira como tudo ocorreu, dizer que Ambrose simplesmente ejaculou seria oferecer apenas uma tênue ideia do fato. Ele positivamente esguichou seu sêmen para dentro da pequena Julia em grossos e poderosos jatos, proferindo todo o tempo gemidos de êxtase a cada vez que uma injeção quente e viscosa fluía por sua longa uretra e corria em torrentes para seu receptáculo distendido. Passaram-se alguns minutos antes que tudo estivesse acabado, e o bruto sacerdote se levantou de cima de sua vítima dilacerada e sangrante.

Ao mesmo tempo, o sr. Verbouc deixou expostas as coxas abertas e a fenda lambuzada de sua sobrinha, que ficou deitada imóvel no transe onírico que se segue ao gozo intenso, sem dar a menor atenção às densas gotas exsudadas que formavam uma poça branca no chão, entre suas pernas belamente adornadas por meias de seda.

— Ah, que delícia! — exclamou Verbouc. — Está vendo, há prazer, no final das contas, no caminho do dever, Delmont, não é mesmo? — dirigindo-se àquele indivíduo abalado. — Se o padre Ambrose e eu não tivéssemos misturado nossas humildes oferendas àquela prolífica essência da qual você parece ter feito tão bom uso, não se pode saber que prejuízo poderia ter-se seguido. Oh, sim, nada como fazer aquilo que é direito, hein, Delmont?

— Eu não sei. Sinto-me mal. Estou numa espécie de sonho, no entanto não estou imune a sensações que me causam renovado deleite. Não posso duvidar da sua amizade... do seu sigilo. Eu senti muito prazer, ainda estou excitado, não sei o que quero!... Digam algo, meus amigos.

O padre Ambrose se aproximou e, pousando sua grande mão sobre o ombro do pobre homem, encorajou-o com algumas palavras sussurradas de conforto.

Na condição de pulga, não tenho liberdade para mencionar quais foram, mas seu efeito foi de dissipar em grande medida a nuvem de horror que oprimia o sr. Delmont. Ele se sentou e gradualmente ficou mais calmo.

Julia também já havia se recuperado, e sentadas de cada lado do robusto sacerdote, as duas jovens logo sentiram-se relativamente à vontade. O santo padre falou-lhes como um pai e conseguiu tirar o sr. Delmont de seu retraimento, e depois deste valoroso homem ter se refrescado fartamente com uma considerável libação de excelente vinho, começou a dar provas de evidente prazer na sociedade em que agora se encontrava.

Logo os efeitos revigorantes do vinho começaram a agir sobre o sr. Delmont. Ele lançava olhares desejosos e ciumentos na direção de sua filha. Sua excitação era evidente, e se revelava na protuberância de suas vestes.

Ambrose percebeu seu desejo e encorajou-o. Levou-lhe Julia, que, ainda nua, não tinha meios de ocultar seus encantos. O pai tudo viu com olhos em que a luxúria predominava. Uma segunda vez não seria muito mais pecaminosa, pensou.

Ambrose fez-lhe um gesto de encorajamento com a cabeça. Bella desabotoou seu bem alinhado traje e, tomando a dura pica entre as mãos, apertou-a com suavidade.

O sr. Delmont entendeu a situação e, no momento seguinte, caiu sobre sua filha. Bella guiou o membro incestuoso até os macios lábios avermelhados; algumas estocadas e o pai semienlouquecido já havia penetrado por inteiro no ventre de sua bela criança.

O duelo que se seguiu foi intensificado pelas circunstâncias daquela horrível conjunção. Depois de um rápido e febril intercurso, o sr. Delmont descarregou e sua filha recebeu nos mais extremos recessos de seu ventre adolescente o reprovável gozo de seu desnaturado pai.

O padre Ambrose, cujo caráter sensual predominava inteiramente, possuía uma outra fraqueza: a pregação. Ele pregaria por uma hora ininterrupta, não tanto sobre temas religiosos quanto sobre outros, muito mais mundanos, e certamente não sancionados costumeiramente pela Santa Madre Igreja.

Nessa ocasião ele emitiu um discurso que eu julguei impossível de acompanhar, e fui dormir na axila de Bella até que ele tivesse acabado.

Quanto tempo essa consecução teria se estendido no futuro eu não sei, mas a prestimosa Bella, tendo-se apoderado da grande verga ociosa do sacerdote em sua mãozinha alva, tanto a pressionou e titilou que o bom homem acabou se convencendo a parar em razão da sensação produzida.

Também o sr. Verbouc, que, deve-se lembrar, nada cobiçava tanto quanto uma boa sopa, sabia muito bem como estavam esplendidamente ensopadas as deliciosas partezinhas íntimas da recém-convertida Julia. Do mesmo modo a presença do pai – menos que inútil para evitar o desfrute extremo de sua criança por parte daqueles dois homens libidinosos – servia para estimular seu apetite, enquanto Bella, que sentia uma viscosidade escorrer de sua cálida fenda, também tinha consciência de certas ânsias, que seus encontros anteriores não haviam aplacado.

Verbouc começou novamente a visitar com seus toques lascivos os doces e pueris encantos de Julia, apertando impudentemente suas nádegas arredondadas e deslizando seus dedos entre as duas rotundas colinas.

Padre Ambrose, não menos ativo, passou seu braço em torno da cintura de Bella e, juntando o corpo seminu da garota ao seu, sugou licenciosos beijos de seus atraentes lábios.

Enquanto os dois homens continuavam com tais divertimentos, seus desejos avançavam proporcionalmente até que suas armas, rubras e inflamadas pelo gozo anterior, ergueram-se com firmeza para o ar, e ameaçaram duramente as jovens criaturas com sua potência.

Ambrose, cuja concupiscência nunca exigiu muito incentivo, rapidamente apossou-se de Bella, que, nada relutante, deixou que ele a empurrasse para o sofá que já havia testemunhado dois encontros, e excitando ainda mais seu cetro irritado e ardente, a temerária garota permitiu que ele se posicionasse entre suas coxas alvas e, facilitando o ataque desproporcional o máximo que podia, recebeu toda a aquela terrível coluna em sua fenda umedecida.

Tal visão agiu sobre os sentidos do sr. Delmont, pois era evidente que ele pouco precisava de encorajamento para tentar um segundo *coup*,[1] quando o sacerdote tivesse terminado. O sr. Verbouc, que por algum tempo estivera lançando olhares lascivos sobre a jovem filha do sr. Delmont, agora encontrava-se mais uma vez em condições de gozar. Ele refletiu que a violação repetida que ela já havia experimentado nas mãos de seu pai e do padre haviam-na qualificado para o tipo de partida que adorava jogar, e sabia, tanto pelo toque quanto pela visão, que suas partes estavam suficientemente ungidas pelas violentas descargas que recebera para gratificar seu mais caro capricho.

Verbouc olhou para o padre, que estava então engajado numa saborosa diversão com sua sobrinha, e então, aproximando-se da linda Julia, conseguiu, por sua vez, deitá-la de bruços sobre um divã e, com esforço considerável, meter seu membro robusto até o fundo no delicado corpinho.

Este novo e intensificado prazer levou Verbouc ao limiar da loucura. Ele se forçou para dentro da tesa e

---

[1] Em francês no original: "golpe", "pancada".

justíssima fenda da adolescente, e sentiu uma palpitação de deleite por todo o seu corpo.

— Oh, ela é o próprio paraíso! — murmurou ele, pressionando seu membro até as bolas, que se apertaram muito juntas logo abaixo. — Bom Deus, como é apertada... que prazer obsceno... uff! — e outra estocada decidida fez com que a pobre Julia gemesse novamente.

Enquanto isso, o padre Ambrose, com os olhos semicerrados, os lábios entreabertos e as narinas dilatadas, castigava as lindas partes da jovem Bella, cuja gratificação sensual se tornava evidente por seus soluços de prazer.

— Oh, meu Deus! Você é... você é muito grande... imenso! Que coisa comprida! Ah! chega até a minha cintura. Oh, oh! É demais. Não com tanta força... querido padre... como você mete! Vai me matar. Ah! Seja gentil... mais devagar... sinto suas grandes sacolas no meu traseiro.

— Pare um momento — gritou Ambrose, cujo prazer havia se tornado insuportável, e cujo gozo havia sido provocado até quase se precipitar para fora dele. — Vamos fazer uma pausa. Devo trocar com você, meu amigo? A ideia é adorável.

— Não, oh, não! Eu não posso sair daqui, posso apenas continuar... esta querida criança é a perfeição do prazer.

— Pare quieta, Bella, minha querida, ou você me fará gozar. Não aperte minha arma com tanta devoção.

— Não posso evitar... você me mata de prazer. Oh! Continue, mas com carinho. Oh, não com tanta força! Não meta com tanta violência. É o Paraíso Celeste! Ele vai gozar. Seus olhos se fecham, seus lábios se abrem. Meu Deus! Você me mata... você me parte ao meio com essa coisa tão grande. Ah! Oh! Venha, então! Goze, querido... padre... Ambrose. Dê-me a sua seiva quente. Oh! Meta agora... mais forte... mais forte... mate-me, se quiser!

Bella atirou seus braços alvos em volta do pescoço musculoso do padre, abriu ao máximo suas coxas macias e angelicais, e recebeu o enorme instrumento dele, até que a barriga peluda do pároco roçasse a penugem de seus montes.

Ambrose sentiu-se prestes a se perder com a extasiante emissão bem no fundo do corpo da garota que estava deitada sob ele.

— Meta... meta agora! — gritava Bella, alheia a todo pudor, e oferecendo sua própria descarga em espasmos de gozo. — Vamos... meta isso em mim. Oh, sim, assim mesmo. Ah, Deus, que tamanho! Que comprimento... você me parte ao meio. Como é bruto. Oh, oh, oh! Você gozou... eu senti. Ah, Deus... que seiva deliciosa! Oh, como jorra!

Ambrose ejaculou bestialmente, como o garanhão que era, dando estocadas com toda sua potência para dentro do ventre tépido sob ele.

Então, retirou-se com relutância, e Bella, liberta de seus abraços, voltou-se para inspecionar o outro par. Seu tio estava administrando uma chuva de estocadas curtas em sua amiguinha, e era evidente que um clímax logo deveria ser imposto ao seu prazer.

Enquanto isso, Julia, cuja recente violação e subsequente tratamento impiedoso pelo brutal Ambrose havia-a ferido e fragilizado tristemente, não sentia o mais leve prazer, mas jazia como uma massa submissa e inerte nos braços de seu estuprador.

Quando, portanto, depois de mais algumas arremetidas, Verbouc caiu para diante numa voluptuosa descarga, ela só teve consciência de que algo quente e úmido era rapidamente injetado para dentro de si, sem experimentar qualquer outra sensação que não o langor e a fadiga.

Outra pausa se seguiu a este terceiro ultraje, durante a qual o sr. Delmont se retirou para um canto e pareceu cochilar. Mil gracejos tiveram então lugar. Ambrose, enquanto se reclinava sobre o divã, fez com que Bella se escarranchasse sobre ele e, aplicando seus lábios à fenda recendente, refestelou-se em beijos e nas mais lascivas e depravadas carícias.

O sr. Verbouc, para não ser suplantado por seu companheiro, executou várias invenções igualmente libidinosas sobre a inocente Julia.

Os dois, então estenderam-se sobre um divã e apreciaram novamente todas as belezas da menina, demorando-se com admiração em sua *motte* ainda implume, e nos lábios vermelhos de sua boceta imatura.

Depois de algum tempo os desejos de ambos foram secundados por sinais externos e visíveis dos dois membros eretos, novamente ansiosos por provar prazeres tão extáticos e seletos.

Um novo programa estava, porém, para ser inaugurado. Ambrose foi o primeiro a propô-lo.

— Nós já nos fartamos das bocetas delas — disse o padre, com grosseria, voltando-se para Verbouc, que havia passado para os braços de Bella, e agora brincava com seus mamilos. — Vamos ver do que seus traseiros são feitos. Esta criaturinha adorável seria uma iguaria para o próprio papa, e deve ter uma bunda de veludo, uma *derrière* própria para o gozo de um imperador.

A ideia foi comprada instantaneamente, e as vítimas imobilizadas. Aquilo foi abominável, monstruoso, foi algo aparentemente impossível, quando analisado em todo seu caráter desproporcional. O membro enorme do sacerdote apresentou-se à pequena abertura posterior de Julia – o de Verbouc ameaçava sua sobrinha no mesmo sentido. Um quarto de hora se consumiu nas preliminares e depois de uma assustadora cena de concupiscência e lascívia, as duas garotas receberam em suas entranhas os jatos queimantes daquelas descargas ímpias.

Por fim, uma calmaria sucedeu às violentas emoções que dominaram os atores desse monstruoso drama.

A atenção por fim se dirigiu ao sr. Delmont.

Esse valoroso cavalheiro, como antes comentei, havia-se retirado para um canto, aparentemente dominado pelo sono, ou o vinho, possivelmente por ambos.

— Como ele está quieto — observou Verbouc.

— Uma consciência pesada é triste companhia — ponderou o padre Ambrose, cujas atenções se dirigiam à ablução de seu agora ocioso instrumento.

— Vamos, meu amigo... agora é a sua vez, eis aqui um quitute para você — continuou Verbouc, exibindo, para edificação de todos, as partes mais secretas da quase insensível Julia. — Venha e aproveite... Ora, o que há com o homem? Bom Deus celestial, o que... como... o que é isso?

Verbouc recuou um passo.

O padre Ambrose inclinou-se sobre o corpo do ignóbil Delmont e auscultou seu coração.

— Ele está morto — disse tranquilamente. E isso foi tudo.

XII

A morte súbita é um evento tão comum, especialmente entre pessoas cuja história anterior leva à suposição de que existisse nela algum tipo de deterioração orgânica, que a surpresa facilmente dá lugar a expressões ordinárias de condolência, e estas, por sua vez, a um estado de resignação diante de um evento que de modo algum é de se admirar.

A transição pode ser assim expressada:

— Quem poderia adivinhar?

— Não é possível!

— Eu sempre tive minhas suspeitas.

— Pobre sujeito!

— Não é surpresa para ninguém!

Esta interessante fórmula foi devidamente executada quando o pobre sr. Delmont pagou seu tributo à natureza, como diz o ditado.

Na noite que se seguiu àquela em que o desafortunado cavalheiro partiu desta vida, seus amigos já estavam convencidos de haver detectado os sintomas que cedo ou tarde deveriam se demonstrar fatais. Chegavam até a se orgulhar de sua sagacidade, admitindo com reverência a inescrutabilidade dos desígnios da Providência.

Quanto a mim, agi quase como de costume, exceto que para variar imaginei que as pernas de Julia poderiam ter um sabor mais picante que as de Bella e, portanto, passei a sangrá-las regularmente para meu repasto matutino e noturno.

O que poderia ser mais natural do que Julia passar grande parte do seu tempo com sua querida amiga Bella, e o que seria mais provável que o sensual padre Ambrose e seu patrono, o voluptuoso parente da minha adorada Bella, procurassem aproveitar a ocasião e repetir suas experiências com a jovem e dócil garota!

Que eles fizeram isso eu soube muito bem, pois minhas noites eram quase todas intranquilas e desconfortáveis, sempre sujeitas a serem interrompidas pelas incursões de ferramentas longas e peludas por entre aqueles agradáveis pomares, nos quais eu temporariamente me estabeleci, e com frequência quase me afogava numa espessa e assustadora torrente glutinosa de sêmen animal.

Em resumo, a jovem e impressionável Julia foi vencida facilmente e por completo, enquanto Ambrose e seu amigo se fartaram até contentar seus corações com a posse completa da garota.

Eles haviam conseguido realizar seu intento, de que lhes importava qualquer sacrifício?

Enquanto tal coisa acontecia, outras ideias muito diferentes ocupavam a mente de Bella, a quem eu havia abandonado, mas sentindo, por fim, um certo grau de enjoo pela indulgência muito frequente da minha nova dieta, resolvi desocupar as meias daquela belezinha chamada Julia e retornar – *revenir à mon mouton*,[1] por assim dizer – aos doces e suculentos pastos da impudica Bella.

---

[1] Em francês, no original: "voltar ao assunto principal". Literalmente, porém, *mouton* designa a pele de algum animal, principalmente a do carneiro.

Assim o fiz e *voici le résultant!*[2]

Certa noite, Bella se recolheu mais cedo que de costume. O padre Ambrose havia se ausentado em virtude de uma missão numa paróquia distante, e seu querido e indulgente tio estava acamado com um ataque agudo de gota, doença que ultimamente o acometia com mais frequência. A garota já havia arrumado seu cabelo para dormir. Também havia se despido de suas vestes exteriores e se encontrava no ato de vestir sua *chemise de nuit*[3] por sobre a cabeça, e nesse processo ela inadvertidamente permitiu que suas roupas de baixo caíssem e exibissem diante da janela as suas belas proporções e a sua pele primorosamente macia e diáfana.

Tamanha beleza teria inflamado até mesmo um anacoreta, embora, por infortúnio, não houvesse nenhum desses ascetas presente para ser inflamado. Quanto a mim, ela simplesmente quase quebrou minha antena mais longa e torceu minha pata saltadora direita ao rodopiar seu agasalho no ar acima de sua cabeça.

Havia uma presença, porém, com que Bella não contara, mas a qual, desnecessário dizer, não deixou passar nada.

E neste momento devo explicar que desde que ao astucioso padre Clement foram negados os encantos de Bella, ele havia feito o voto nada eclesiástico e muito bestial de fazer uma tentativa renovada de surpreender e capturar a linda fortaleza que já havia uma vez assaltado e violado. A lembrança de sua felicidade fez brotarem lágrimas de

---

[2] Em francês no original: "eis o resultado!".
[3] Em francês no original: "camisola de dormir".

seus olhinhos sensuais, e uma certa distensão despertou simpaticamente em seu enorme falo.

Clement, de fato, havia feito o temível juramento de foder Bella em estado natural, nas suas próprias palavras destituídas de adornos, e eu, pulga que sou, ouvi e compreendi suas implicações.

A noite estava escura; chovia. Ambrose estava ausente e Verbouc, enfermo e indefeso. Bella estaria sozinha. Tudo isso era perfeitamente sabido por Clement e, consequentemente, ele fez a tentativa. Aprimorado por sua recente experiência sobre a geografia da vizinhança, ele foi diretamente à janela do quarto de Bella. Encontrando-a, conforme esperava, destrancada e aberta, entrou com frieza e rastejou para baixo da cama. Dessa posição, Clement assistiu com as veias pulsando a toalete da linda garota, até o momento em que ela começou a atirar fora suas vestes, conforme já expliquei. Ao fazer isso, Clement viu a nudez de Bella em sua totalidade, e bufou interiormente como um touro. De sua posição deitada ele não tinha dificuldade para ver todo o corpo da moça, da cintura para baixo, e quando ela virou para o outro lado, seus olhos cintilaram ao ver os adoráveis globos geminados de sua bunda se abrirem e fecharem, enquanto a graciosa garota contorcia seu corpo flexível no ato de passar a camisola por sobre a cabeça.

Clement não pôde mais se conter, seus desejos atingiram o ponto de fervura e, suave porém rapidamente, deslizando para fora de seu esconderijo, ele se ergueu por trás dela e, sem perder um instante sequer, agarrou o corpo desejado em seus braços, posicionando enquanto o fazia uma de suas mãos gorduchas sobre sua boca rosada.

O primeiro reflexo de Bella foi gritar, mas tal recurso feminino lhe foi negado. O segundo foi desmaiar, e isso ela provavelmente teria feito, não fosse por uma circunstância. Esta foi o fato de que o audacioso intruso a mantinha perto de si e uma certa coisa, dura, longa e quente, exerceu uma pressão muito sensível no meio de suas nádegas macias, e ficou latejando na separação entre ambas e ao longo das costas. Nesse momento crítico, os olhos de Bella encontraram a imagem de ambos refletida no espelho do toucador do outro lado do quarto e ela reconheceu, por cima de seu ombro, o semblante alterado e feio, coroado pelo chamativo círculo de cabelos ruivos, do sensual sacerdote.

Bella entendeu a situação num piscar de olhos. Fazia quase uma semana desde que ela recebera pela última vez os abraços de Ambrose ou de seu tio, e tal fato sem dúvida teve algo a ver com a decisão que ela tomou no momento dessa provação. O que estivera a ponto de fazer na realidade, a garota lasciva então apenas simulou.

Ela se deixou cair suavemente para trás sobre a figura robusta de Clement, e esse feliz indivíduo, acreditando que ela de fato desmaiava, imediatamente retirou sua mão da boca da garota e sustentou-a em seus braços.

A posição submissa de uma criaturinha tão adorável excitou Clement quase até a loucura. Ela estava quase nua, e ele percorreu com suas mãos a pele lisa. Sua arma imensa, já rija e distendida de maneira impaciente, agora palpitava com sua paixão, enquanto ele sustinha a linda garota num forte abraço.

Clement puxou tremulamente a face dela para si e imprimiu um longo e voluptuoso beijo em seus doces lábios.

Bella estremeceu e abriu os olhos.

Clement renovou suas carícias.

A jovem suspirou.

– Oh! – exclamou ela, com brandura – Como você ousa vir aqui? Eu imploro, imploro que me deixe imediatamente... isso é vergonhoso.

Clement sorriu. Ele já era feio – agora parecia extremamente horrível em sua forte lascívia.

– De fato – disse ele – é vergonhoso tratar uma garota tão bonita desse jeito, mas é tão delicioso, minha querida.

Bella soluçou.

Mais beijos, e um vagar de mãos sobre a garota nua. Uma áspera manopla pousou sobre o monte felpudo, e um dedo ousado, separando os lábios úmidos, penetrou a cálida fenda e tocou o sensível clitóris.

Bella fechou seus olhos e repetiu o suspiro. Aquele pequeno órgão suscetível instantaneamente começou a se manifestar. Ele não era de modo algum diminuto no caso de minha jovem amiga, e sob o afagar lascivo do feio Clement, ergueu-se, enrijeceu e se salientou, até quase separar os lábios por sua própria conta.

Bella estava em chamas, o desejo faiscava em seus olhos; ela havia contraído a febre, e lançando um olhar furtivo ao seu sedutor, notou a terrível expressão de libertinagem desenfreada que se espalhava por todo o seu rosto, enquanto ele brincava com seu secreto talismã juvenil.

A garota tremeu de agitação; um intenso anseio pelo prazer do coito tomou posse absoluta dela e, incapaz de controlar mais seus desejos, rapidamente insinuou sua mão direita atrás de si e agarrou, ainda que não conseguisse abarcá-la, a enorme arma que apontava para o seu traseiro.

Os olhos de ambos se encontraram — a luxúria ardia em ambos. Bella sorriu, Clement repetiu seu beijo sensual e introduziu sua língua na boca da garota. Esta não demorou a corresponder aos abraços voluptuosos, e concedeu-lhe plena liberdade de ação, tanto para suas mãos errantes quanto para seus beijos ativos. Gradualmente, ele a empurrou na direção de uma cadeira, e Bella, afundando nesta, aguardou com impaciência as próximas preliminares do padre.

Clement postou-se exatamente em frente a ela. Sua sotaina de seda preta, que chegava até os tornozelos, tinha uma saliência na frente, enquanto suas faces, fortemente ruborizadas pela violência de seus desejos, eram rivalizadas apenas por seus lábios fumegantes, pois sua respiração estava excitada pelo êxtase da antecipação.

Ele viu que não tinha nada a temer e tudo a desfrutar.

— Isso é demais — murmurou Bella. — Vá embora.

— Oh! Impossível, agora que tive o inconveniente de chegar até aqui.

— Mas você pode ser descoberto, e eu estaria arruinada.

— Não é provável... Você sabe que estamos praticamente sozinhos e não é nem um pouco provável que sejamos incomodados. Além disso, você é tão deliciosa, minha criança, tão fresca, tão jovem e linda... Ei, não afaste a sua perna. Eu só estava pondo minha mão na sua coxa macia. Na verdade, pretendo fodê-la, minha querida.

Bella viu a enorme projeção dar uma brusca sacudidela.

— Como você é indecente!... Que palavras você usa!

— Uso, meu bichinho, minha anjinha? — perguntou Clement, novamente apoderando-se do clitóris delicado, que manipulou entre seu indicador e o polegar. — São todas motivadas pelo prazer de sentir sua bocetinha túmida, que está timidamente tentando se evadir aos meus toques.

— Por vergonha! — exclamou Bella, rindo a contragosto.

Clement chegou mais perto e parou diante dela, que permanecia sentada. Ele tocou seu belo rosto com as mãos gorduchas. Enquanto fazia isso, Bella estava atenta ao fato de que sua sotaina, já protuberante com a força dos desejos que se comunicavam ao seu porrete, estava a poucos centímetros de seus seios.

Ela podia distinguir o latejar pelo qual o hábito de seda negra gradualmente subia e descia. A inclinação era irresistível; ela pôs sua delicada mãozinha sob a veste do sacerdote e ergueu-a o suficiente para sentir uma grande massa peluda, que continha duas bolas, tão grandes quanto ovos de galinha.

— Oh, meu bom Deus, que enorme! — sussurrou a jovem.

— E estão cheias de uma espessa porra sagrada — suspirou Clement, brincando com os dois lindos peitinhos que se encontravam tão próximos dele.

Bella mudou de posição, e mais uma vez agarrou com ambas as mãos o corpo forte e rígido do enorme pênis.

— Como é assustador, que monstro! — exclamou a garota lasciva. — É um dos grandes, mesmo. Que tamanho você tem!

— Sim, não é um caralho e tanto? — observou Clement, projetando-se para a frente e segurando sua sotaina de forma a melhor trazer aquela coisa descomunal à vista.

Bella não pôde resistir à tentação, e erguendo ainda mais alto a batina do homem, libertou inteiramente o seu pênis e o expôs em todo o seu comprimento.

Pulgas não são boas avaliadoras de tamanho e espaço, e eu me absterei de fornecer as dimensões exatas da arma sobre a qual a dama agora lançava seus olhares. Era de proporções gigantescas, porém. Tinha uma grande e rombuda cabeça vermelha, que se erguia reluzente e nua ao final de uma longa lança acinzentada. O orifício na ponta, geralmente muito pequeno, era, nesse caso, uma chanfradura considerável, e estava orvalhado da umidade seminal que se acumulou ali. Ao longo de toda a haste corriam as veias intumescidas, e por trás de tudo isso havia uma emaranhada profusão de eriçados pelos ruivos. Dois imensos testículos pendiam abaixo.

— Paraíso Celestial! Oh, Santa Mãe de Deus! — murmurou Bella, fechando seus olhos e apertando ligeiramente aquilo.

A glande larga e vermelha, distendida e escarlate pelo efeito da delicada bolinação da menina, estava agora totalmente descoberta, e se sobressaía rigidamente dentre as dobras de pele solta, que Bella pressionava para trás sobre a grande coluna branca. Bella brincou deliciosamente com essa nova aquisição, e puxou ainda mais para trás a pele aveludada sob sua mão.

Clement suspirou.

— Oh, você, deliciosa criança — disse ele, olhando-a com olhos faiscantes. — Devo fodê-la imediatamente, ou despejarei tudo sobre você.

— Não, não, você não deve desperdiçar nada —

exclamou Bela. — Como você deve estar aflito para querer gozar tão rápido.

— Não posso evitar... Eu rogo, pare quieta por um momento, ou irei esporrar.

— Que coisa grande... quanto você consegue ejacular?

Clement parou e sussurrou algo no ouvida da garota, mas eu não pude ouvir.

— Oh, que delícia, mas isso é inacreditável.

— Não, é verdade. Apenas me conceda a oportunidade. Venha, estou ansioso para prová-lo a você, minha bela... veja isto! Agora eu devo fodê-la!

Ele brandiu o pênis monstruoso enquanto se encontrava de pé diante dela. Depois, curvando-o para baixo, subitamente o soltou. Aquilo saltou como uma mola e, enquanto o fazia, o prepúcio recuou por sua própria conta, a grande cabeça vermelha se projetou e sua uretra, assim estimulada, exsudou uma gota de sêmen.

A pica chegava quase à altura do rosto de Bella. Ela podia sentir um odor tênue e sensual que partia daquela coisa, aumentando a desordem dos seus sentidos. Continuou a acariciar e a brincar com aquilo.

— Pare, eu lhe rogo, minha querida, ou você desperdiçará tudo pelos ares.

Bella se manteve quieta por alguns segundos. Sua mão quente ainda segurava da melhor maneira que podia o pau de Clement. Ele se divertia, nesse meio tempo, apertando seus seios juvenis, e trabalhando com seus dedos para dentro e para fora da boceta úmida. A brincadeira deixou-a fora de si. Seu clitóris ficou aquecido e proeminente; sua respiração se tornou intensa e seu belo rosto, corado de desejo.

Cada vez mais dura ficava a glande do padre, e reluzia como uma ameixa madura. O clitóris de Bella já estava escarlate de excitação. Ela avaliou disfarçadamente a barriga nua e peluda daquele feio homem — suas coxas musculosas, espessamente revestidas também de pelos, como as de um macaco. Seu grande pinto, a cada momento mais intumescido, ameaçava o próprio céu, e provocava nela emoções indescritíveis.

Excitada além da conta, ela envolveu a figura robusta do grande brutamontes e cobriu-o de beijos voluptuosos. A feiúra do homem apenas aumentava suas sensações libidinosas.

— Não, você não deve desperdiçar nada, eu não posso deixar que você desperdice — disse, e então, fazendo uma pausa por um segundo, ela gemeu com uma peculiar tonalidade de prazer e, abaixando sua bela cabeça, abriu a boca rosada e no mesmo instante recebeu com devassidão o maior bocado que pôde forçar para dentro dela.

— Oh, que delícia; como você me excita... que... que prazer você me dá.

— Não deixarei você desperdiçar nada. Engolirei cada gota — sussurrou Bella, retirando por um momento de sua boca a bolota reluzente.

Depois, novamente afundando sua face para adiante, pressionou seus lábios projetados sobre a grande ponta do órgão e, separando-os gentil e delicadamente, recebeu o orifício da larga uretra entre eles.

— Oh, Santa Mãe de Deus! — exclamou Clement. — Isto é o paraíso! Como vou gozar! Bom Deus! Como você me provoca e me suga.

Bella aplicou sua língua em ponta no orifício e lambeu toda a sua volta.

— Que gosto bom. Você já deixou escapar uma gota ou duas.

— Não consigo me segurar mais, sei que não consigo — murmurou o sacerdote, projetando o quadril e ao mesmo tempo titilando o clitóris intumescido que Bella deixou ao seu alcance. Então ele pôs a cabeça do grande caralho novamente entre os lábios da garota, mas ela não conseguiu fazer com que a bolota entrasse inteira em sua boca, tão monstruosamente larga ela era.

Bolinando e sugando, arregaçando em lentos e deliciosos movimentos a pele que circundava a crista rubra e sensível do tremendo órgão, era evidente que Bella agora convidava ao resultado que sabia que não poderia mais ser adiado.

— Ah, Santa Mãe de Deus! Estou quase gozando. Estou sentindo... eu... Oh! Oh! Chupe mais. É todo seu.

Clement ergueu seus braços para o céu, sua cabeça caiu para trás, suas pernas ficaram bem abertas, suas mãos remexeram-se de maneira convulsa, seus olhos se reviraram, e Bella sentiu um forte espasmo percorrer aquele pau monstruoso. No momento seguinte ela foi quase jogada para trás por um poderoso jato de sêmen, que seguiu jorrando numa corrente contínua dos genitais do homem e se precipitou em torrentes por sua garganta abaixo.

Apesar de toda a sua vontade e empenho, a ávida garota não conseguiu evitar que um filete escorresse pelos cantos de sua boca, enquanto Clement, fora de si pelo prazer sentido, continuou ejaculando em espasmos bruscos, cada um dos quais enviava um novo jato de gozo para a garganta da garota. Bella acompanhou todos os seus movimentos, e segurou firme a arma fluente até que tudo estivesse acabado.

— Quanto você disse? — murmurou ela. — Uma xícara cheia? Aqui havia duas.

— Minha linda — exclamou Clement, quando por fim recuperou o fôlego. — Que divino prazer você me deu. Agora é minha vez, e você deve me deixar cuidar de tudo o que eu adoro nessas suas partezinhas.

— Ah, como foi gostoso; estou quase sufocada — choramingou Bella. — Que viscosa ela era e, oh, santo Deus, que fartura!

— Sim, eu lhe prometi abundância, minha bela, e você me deixou tão excitado que eu tenho certeza de que deve ter recebido uma boa dose. Vertia como um riacho.

— Sim, é verdade.

— Agora eu vou sugar sua linda boceta, e fodê-la deliciosamente depois disso.

Adequando a ação às palavras, o sensual sacerdote atirou-se entre as coxas brancas como leite de Bella e, esticando sua face para diante, imergiu sua língua entre os lábios da racha rósea. Depois, fazendo com que ela descrevesse movimentos circulares em torno do clitóris túrgido, começou uma estimulação tão requintada que a garota mal podia conter seus gritos.

— Oh, meu Deus. Oh, você me suga a vida. Oh! Eu estou... estou chegando lá. Estou gozando! — e, com um repentino movimento para a frente em direção à ativa língua do padre, Bella lançou uma emissão das mais copiosas no rosto dele, e Clement recebeu tudo o que pode sorver em sua boca, com o prazer de um epicurista.

Imediatamente, o padre se levantou. Sua grande arma, que pouco havia amolecido, reassumia agora sua tensão viril, e projetava-se de seu corpo numa terrível ereção. Ele literalmente resfolegava de luxúria, ao olhar para aquela garota linda e predisposta.

— Agora, é meu dever fodê-la — disse ele, enquanto a empurrava em direção à cama. — Agora eu devo possuí-la, e oferecer-lhe mais uma prova deste pau em seu pequeno ventre. Oh, que imundície isso será!

Arrancando com impaciência sua sotaina e suas alinhadas vestes, ele incitou a garota a, do mesmo modo, despir-se de sua camisola, e então o grande brutamontes, com seu corpanzil todo coberto de pelos e moreno como o de um mulato, tomou a figura cândida da linda Bella em seus braços musculosos e atirou-a alegremente na cama. Clement contemplou por um momento a forma da garota estendida no leito enquanto, sentindo-se palpitar de desejo e terror misturados, ela esperava o medonho ataque. Então, ele olhou com complacência para seu extraordinário pênis, impudicamente ereto e, subindo na cama às pressas, atirou-se sobre ela e puxou as roupas de cama sobre si.

Bella, meio sufocada sob o grande brutamontes peludo, sentiu seu pau duro interpor-se entre as barrigas de ambos. Abaixando sua mão, tocou-o novamente.

— Paraíso Celestial! Que tamanho, isso jamais caberá dentro de mim.

— Sim, sim... nós vamos introduzi-lo, todo ele, até as bolas, mas você terá de me ajudar, caso contrário eu provavelmente a machucarei.

Bella foi poupada do trabalho de replicar, pois no momento seguinte uma língua ávida penetrou em sua boca e quase a asfixiou.

Então, ela se deu conta de que o sacerdote havia se erguido ligeiramente e que a cabeça fervente de seu pau gigantesco pressionava-se de encontro aos lábios úmidos de sua fendinha rosada.

Não posso descrever inteiramente as nuanças daquela conjunção preliminar. Levou dez minutos completos para consumá-la, mas ao final o desgracioso Clement havia-se introduzido até os testículos no lindo corpo da garota, enquanto esta, com suas pernas macias erguidas e atiradas sobre as costas robustas do padre, recebia suas carícias lascivas, ao mesmo tempo que ele exultava sobre sua vítima e começava aqueles movimentos devassos com a intenção de se desfazer de seu fluido escaldante.

Pelo menos vinte e cinco centímetros de músculo e nervos rígidos jaziam encharcados e latejantes no ventre da mocinha, enquanto uma massa de pelos ásperos pressionava o surrado e delicado monte da pobre Bella.

— Ah, nossa! Ah, nossa! Assim você me machuca — choramingou ela. — Meu Deus! Você está me partindo ao meio.

Clement começou a mexer.

— Não aguento isso... você é grande demais, mesmo. Oh! Tire. Ah, suas estocadas são muito fortes.

Clement meteu impiedosamente duas ou três vezes.

— Espere um segundo, minha diabinha, até eu lambuzá-la com a minha porra. Ah, como você é apertada. Parece sugar o meu pau... Aí está, agora está tudo dentro. Você o recebeu inteiro.

— Oh, piedade.

Clement dava golpes duros e rápidos — uma estocada após a outra — contorcia-se e revirava-se sobre o doce corpo da garota. Sua lascívia elevou-se até ficar inflamada e enfurecida. Seu pênis imenso foi forçado até quase se romper pela intensidade de seu prazer, e pela delícia excitante e enlouquecedora daquele momento.

— Ah, finalmente eu a estou fodendo.

— Foda-me, sim — murmurou Bella, abrindo ainda mais suas bem torneadas pernas, à medida que a intensidade das sensações ganhava terreno sobre ela. — Oh, foda-me com força... mais forte — e com um profundo gemido de êxtase ela inundou seu brutal violador com uma copiosa descarga, erguendo ao mesmo tempo os quadris para receber uma temerária estocada. As pernas de Bella moviam-se aos trancos para cima e para baixo, enquanto Clement se lançava entre elas e forçava seu membro longo e quente para dentro e para fora, em movimentos libidinosos. Suaves suspiros, misturados aos beijos dos lábios obstinados do devasso intruso, propiciavam gemidos de êxtase, e as rápidas vibrações da armação da cama diziam tudo da excitação despertada pela cena.

Clement não precisou de convite. A emissão de sua bela parceira proveu-o do meio úmido que desejava, e tomou vantagem disso para começar uma rápida série de movimentos para dentro e para fora, o que provocou em Bella tanto prazer quanto dor.

A garota secundou-o com toda a sua força. Empanzinada até a fartura, ela arfava e tremulava sob os golpes vigorosos do homem. Sua respiração saía em soluços, seus olhos se fecharam pelo prazer ferino de um espasmo quase ininterrupto de sua emissão. As nádegas de seu feio amante se abriam e fechavam, ao passo que ele se forçava a cada bote cada vez mais para dentro do corpo da bela criança.

Depois de percorrer um longo trajeto ele parou por um momento.

— Não consigo mais me conter. Eu vou gozar. Receba minha porra, Bella, você terá um dilúvio dela, minha linda.

Bella já sabia disso — cada veia daquela pica monstruosa estava inchada ao máximo de tensão. Ele era insuportavelmente grande. Nada se assemelhava mais àquilo do que o colossal membro de um asno.

Clement começou a mover-se novamente. A saliva escorria de sua boca, com uma sensação de êxtase. Bella aguardou a chuva seminal que se aproximava.

Clement deu uma ou duas estocadas curtas, depois urrou e ficou imóvel, manifestando apenas um ligeiro tremor por todo o corpo.

Então um tremendo jato de sêmen deixou seu pau e inundou o ventre da jovem garota. O grande brutamontes afundou sua cabeça entre os travesseiros e forçou seus pés contra a armação da cama.

— Oh, o seu gozo — gritou Bella. — Eu posso senti-lo. Como flui para dentro de mim. Oh, dê-me mais. Santa Mãe de Deus! Que prazer é esse!

— Aí vai, aí vai, tome — gritou o padre, enquanto mais uma vez, ao primeiro jorro de sêmen para dentro dela, metia selvagemente em seu ventre, enviando a cada safanão um quente jato de gozo.

— Tome, tome. Oh, quanto prazer!

Quaisquer que fossem as expectativas de Bella, ela não fazia ideia da imensa quantidade que aquele homem atlético podia descarregar. Ele bombeava em densos volumes e esguichava para o fundo de suas vísceras.

— Oh, estou gozando novamente. — E Bella se afundou semidesfalecida sob aquele homem forte, enquanto o fluido queimante deste ainda continuava a dardejá-la em jatos viscosos.

Cinco vezes mais naquela noite Bella recebeu o glutinoso conteúdo dos grandes ovos de Clement, e não fosse a claridade diurna alertá-los de que era hora de partir e ele teria recomeçado.

Quando o astuto Clement desocupou a casa e apressou-se, ao romper do dia, para seu humilde alojamento, foi forçado a admitir que se fartara de prazer, na mesma medida em que Bella se fartara de seu esporro. Quanto àquela jovem dama, foi uma sorte para ela que seus dois protetores estivessem incapacitados, caso contrário, teriam descoberto pela condição dolorosa e inchada de suas partes íntimas que um intruso invadira seus domínios.

A juventude é elástica, todos dizem. Bella era jovem e "muito elástica". Se tivesse visto a máquina imensa de Clement você também diria isso. Sua elasticidade natural possibilitou não apenas que ela suportasse a introdução daquele aríete, mas também que em um par de dias ela já não sentisse nada de mais grave em consequência disso.

Três dias após esse interessante episódio, o padre Ambrose retornou. Uma de suas primeiras preocupações foi ver Bella. Ele a encontrou e convidou-a a segui-lo até um *boudoir*.

— Veja — gritou ele ao apresentar sua ferramenta, inflamada e em posição de sentido. — Eu não tive divertimento algum por uma semana, meu pau está para explodir, Bella, minha querida.

Dois minutos mais tarde e a garota tinha seu rosto reclinado sobre a mesa da alcova, com suas roupas atiradas completamente por cima da cabeça e seu rechonchudo traseiro plenamente exposto, enquanto o padre obsceno apreciava aquela bunda arredondada e açoitava-a vigorosamente com seu longo membro. Um minuto mais e ele havia introduzido seu instrumento por trás da garota, até que os pelos crespos e pretos se pressionassem de encontro às suas nádegas. Apenas algumas estocadas já lhe extraíram um jato de gozo, que ele lançou numa chuva que chegava até a cintura da menina.

O bom padre estava excitado demais pela longa abstinência para perder sua rigidez, mas abaixando mais a sua musculosa ferramenta, apresentou-a, toda viscosa e fumegante, à estreita entrada que se abria entre aquelas deliciosas nádegas. Bella facilitou-lhe as coisas e, bem ungido como estava, ele deslizou para dentro dela e forneceu-lhe mais uma tremenda dose de seus laboriosos testículos. Bella sentiu a descarga fervente, e deu as boas vindas ao sêmen quente que era despejado em suas entranhas. Depois ela a virou por sobre a mesa e sugou seu clitóris por um quarto de hora, fazendo-a gozar duas vezes em sua boca e, ao fim desse tempo, empregou-a pela via natural.

Depois Bella foi para seu quarto, purificou-se e, depois de um ligeiro descanso, vestiu sua roupa de passeio e saiu.

Naquela noite o estado do sr. Verbouc foi diagnosticado como pior. O ataque havia atingido regiões que causaram sérias preocupações ao médico que o atendeu. Bella desejou boa-noite ao seu tio e recolheu-se.

Julia havia se instalado no quarto de Bella para passar a noite, e as duas jovens amigas, a essa altura bem esclarecidas sobre a natureza e as propriedades do sexo masculino, puseram-se a trocar ideias e experiências.

— Achei que seria morta — disse Julia — quando o padre Ambrose enfiou aquela coisa grande e feia no meu pobre ventrezinho. E quando ele terminou, pensei que estivesse tendo um ataque, e não conseguia entender o que era aquela substância viscosa e morna que ficava escorrendo para dentro de mim, mas, oh!

— Então, minha querida, você começou a sentir a fricção naquela sua partezinha mais sensível, e a porra quente do padre Ambrose lambuzou-a toda.

— Sim, foi isso mesmo. Eu sempre me sinto sufocar, Bella, quando ele faz assim.

— Shh! O que foi isso?

As duas garotas sentaram-se e ficaram à escuta. Bella, mais acostumada às peculiaridades de seu quarto do que era possível a Julia, voltou sua atenção para a janela. Enquanto fazia isso, a veneziana gradualmente se abriu, e ali apareceu a cabeça de um homem.

Julia viu a aparição e estava prestes a gritar, quando Bella gesticulou para que ela se mantivesse em silêncio.

— Shh! Não se assuste — sussurrou Bella. — Ele não vai nos morder. Só é pena que nos assuste desse jeito cruel.

— O que ele quer? — perguntou Julia, com sua bela cabeça parcialmente oculta sob as cobertas, mas mantendo seus olhos brilhantes o tempo todo sobre o intruso.

Durante todo esse tempo, o homem estava se preparando para entrar, e após ter aberto suficientemente a veneziana, espremeu seu corpo volumoso através da abertura e, após aterrissar no meio do assoalho, revelou-se a figura corpulenta e as feições feias e sensuais do padre Clement.

— Santa Mãe de Deus! Um padre — exclamou a jovem visitante de Bella. — E um dos gordos, também. Oh! Bella, o que ele quer?

— Nós logo veremos o que ele quer — sussurrou a outra.

Nesse meio tempo, Clement havia se aproximado da cama.

— O quê? Isso é possível? Uma dupla iguaria — ele exclamou. — Deliciosa Bella, isto é, de fato, um prazer inesperado.

— Que vergonha, padre Clement!

Julia havia desaparecido debaixo das cobertas.

Em dois minutos o padre já havia se despido de seu hábito e, sem esperar qualquer convite, disparado para a cama.

— Oh, Deus! — reclamou Julia. — Ele está me tocando.

— Ah, sim, nós duas seremos tocadas, isso é certo — murmurou Bella, enquanto sentia a descomunal ferramenta de Clement exercendo pressão nas suas costas. — Que vergonha você vir até aqui sem pedir permissão.

— Devo ir-me, então, minha bela? — perguntou o sacerdote, depositando sua ferramenta rija na mão de Bella.

— Já que está aqui, pode ficar.

— Eu lhe dou graças — sussurrou Clement, levantando

uma das pernas de Bella e inserindo a grande cabeça de seu pau por trás dela.

Bella sentiu o safanão e mecanicamente agarrou Julia pelos quadris.

Clement deu mais uma estocada, mas Bella, com um salto repentino, repeliu-o. Depois levantou-se, arrancou as cobertas, e expôs o corpo peludo do pároco e também as belas formas de sua companheira.

Julia voltou-se por instinto, e logo ali, bem debaixo do seu nariz, estava o pênis rijo e ereto do bom padre, aparentemente prestes a explodir pela luxuriante proximidade em que seu proprietário se encontrava.

— Toque-o — sussurrou Bella.

Nem um pouco intimidada, Julia apertou-o em sua alva mãozinha.

— Como lateja! E está ficando cada vez maior, eu garanto.

— Balance-o — murmurou Clement. — Oh, tão adorável.

Ambas as garotas estavam agora estendidas na cama, e ávidas pela diversão, começaram a afagar e masturbar a imensa pica do padre, até que, com seus olhos revirados nas órbitas, ele foi incapaz de evitar uma ligeira emissão convulsa.

— Isto é o paraíso! — disse o padre Clement, com um movimento de seus dedos que atestava seu prazer.

— Pare agora, querida, ou ele vai gozar — recomendou Bella, assumindo um ar de experiência, ao qual, sem dúvida, por seu primeiro encontro com o monstro ela se julgava plenamente autorizada.

Mas o próprio padre Clement não estava com humor para desperdiçar seu tiro, já que dois alvos tão belos estavam à disposição da sua mira. Durante as carícias a que as garotas submeteram seu pinto, ele havia permanecido impassível, mas agora, atraindo gentilmente a jovem Julia para si, levantou deliberadamente a camisola desta e expôs todas as suas belezas secretas à visão de todos. Permitiu que suas mãos ansiosas acariciassem e apertassem as adoráveis nádegas e coxas da menina e abrissem com seus dedos a rósea racha; e então, introduziu sua língua impudica ali e sugou beijos excitantes do íntimo de seu ventre.

Julia não poderia permanecer insensível sob tal tratamento, e quando finalmente, trêmulo de desejo e exaltado pela luxúria, o ousado clérigo atirou-a de costas sobre a cama, ela abriu suas coxas joviais e permitiu que ele visse a linha escarlate de sua estreita fendinha. Clement se enfiou entre suas pernas e, atirando-as para o alto, tocou com a volumosa ponta de seu membro os lábios umedecidos. Bella resolveu ajudar e, tomando o pênis desmesurado em sua linda mão, arregaçou-o e presenteou sua ponta generosamente ao orifício.

Julia conteve a respiração e mordeu seu lábio. Clement deu uma dura estocada. A garota, corajosa como uma leoa, aguentou com firmeza. A cabeça penetrou, mais estocadas, mais pressão, e em menos tempo do que o necessário para escrever isto, Julia estava recheada com o grande membro do padre.

Uma vez que se viu de plena posse do corpo dela, Clement começou uma série regular de estocadas profundas, e Julia, com sensações indescritíveis, atirou sua cabeça para trás e cobriu o rosto com uma das mãos, enquanto a outra se crispava sobre o pulso de Bella.

Oh! É enorme; mas que prazer está me dando!

— Ela aguentou tudo; está metido até a raiz — exclamou Bella.

— Ah, que delícia! Ela vai me fazer gozar... não consigo evitar. Seu ventrezinho parece veludo. Veja, receba isto...

Aqui seguiu-se uma desesperada arremetida.

— Oh! — gemeu Julia.

Logo uma fantasia dominou o gigante libertino, a de gratificar outra ideia libidinosa, e ele retirou cuidadosamente seu membro fumegante das apertadas partes íntimas da pequena Julia e se posicionou entre as pernas de Bella, alojando-se na sua deliciosa fenda. O colossal objeto pulsante penetrou a jovem boceta, enquanto seu proprietário babava com o êxtase que esse exercício lhe proporcionava.

Julia viu com divertimento a aparente facilidade com que o padre metia a pica imensa no corpo de sua amiga.

Depois de um quarto de hora passado nessa posição amorosa, durante a qual Bella abraçou duas vezes o padre junto ao seu seio e emitiu seu morno tributo sobre a cabeça daquela verga enorme, Clement se retirou mais uma vez e buscou aliviar-se da porra quente que o consumia no corpo delicado da pequenina Julia.

Tomando aquela jovem nos braços, ele mais uma vez mergulhou no seu corpo e, sem muita dificuldade, pressionou seu pau ardente na macia boceta da garota e preparou-se para irrigá-la interiormente com sua descarga libertina.

Uma forte chuva de estocadas fundas e breves se seguiu, ao fim da qual Clement, com um alto suspiro, meteu-se profundamente na delicada menina e começou a verter um perfeito dilúvio de sêmen dentro dela. Jato após jato se deixaram escapar de seu corpo, quando, com olhos revirados e pernas trêmulas, o êxtase se apoderou dele.

Os sentidos de Julia estavam excitados ao máximo, e ela juntou-se ao seu violador no paroxismo final, com um gozo tão intenso que pulga alguma seria capaz de descrever.

As orgias daquela noite lasciva vão além do meu poder de descrição. Nem bem Clement se recuperou de sua primeira libação e, com a mais grosseira linguagem, anunciou sua intenção de desfrutar de Bella e imediatamente a atacou com seu formidável falo.

Durante um quarto de hora completo ele ficou enterrado até os pelos púbicos no ventre da garota, prolongando seu gozo até que a Natureza uma vez mais seguiu seu curso, e o útero de Bella recebeu também sua quota.

Clement providenciou um lenço de cambraia, com o qual limpou as bocetas transbordantes das duas beldades. As duas garotas tomaram então o seu membro em seus pulsos unidos e, com toques meigos e lascivos, tanto excitaram o temperamento quente do clérigo, que ele se ergueu novamente com força e virilidade impossíveis de descrever. Seu volumoso pênis, ruborizado e mais inchado em consequência de seu exercício anterior, ameaçou a dupla que o afagava, primeiro numa direção e depois na outra. Várias vezes Bella sugou a ponta quente e titilou a uretra escancarada com a ponta de sua língua.

Este era evidentemente um dos modos favoritos de Clement obter prazer, e ele rapidamente inseriu o mais que podia a sua grande ameixa na boca da garota.

Então ele as alternou repetidas vezes, nuas como vieram ao mundo, colando seus lábios grossos às bocetas recendentes de ambas, sucessivamente. Ele beijava e apertava suas nádegas arredondadas e chegava a enfiar seu dedo nos orifícios anais.

Então Clement e Bella combinaram-se para persuadir Julia a permitir que o clérigo inserisse o ápice do pênis em sua boca, e depois de um tempo considerável consumido em estimular e excitar a monstruosa pica, ele ejetou tamanha torrente pela garganta e esôfago da garota que quase a asfixiou.

Um curto intervalo se seguiu, e uma vez mais o extraordinário desfrute de duas jovens tão tentadoras e delicadas incitou Clement até a plenitude de seu vigor.

Posicionando-as lado a lado, ele introduzia seu membro alternadamente em cada uma delas e, depois de alguns movimentos intensos, retirava-o e fazia-o penetrar na que estava desocupada. Depois ele se deitou de costas e, puxando as garotas para cima de si, sorveu a boceta de uma delas, enquanto a outra se agachava sobre o grande caralho, até seus pelos se encontrarem. Repetidamente ele ejaculou em cada uma delas sua prolífica essência.

Somente a alvorada pôs fim a esse monstruoso espetáculo de deboche.

Porém, enquanto tal cena se passava na casa, uma outra muito diversa aproximava-se rapidamente dos aposentos do sr. Verbouc, e quando, três dias depois, Ambrose retornou de outra ausência, foi para encontrar seu amigo e patrono às portas da morte. Poucas horas bastaram para extinguir a vida e as experiências desse excêntrico cavalheiro.

Depois de seu falecimento, sua esposa, que nunca foi lá muito intelectual, começou a desenvolver sintomas de insanidade. Ela chamava ininterruptamente pelo clérigo, e quando um idoso e respeitável padre foi certa ocasião convocado às pressas, a boa senhora negou com indignação que este pudesse ser um eclesiástico, e exigiu "aquele com a grande pica". Sua linguagem e comportamento escandalizaram a todos, ela foi encarcerada num asilo e lá continuou seus delírios com "o pau imenso".

Bella, deixada assim sem protetores, prontamente deu ouvidos às solicitações de seu confessor, e consentiu em tornar-se freira.

Julia, também órfã, decidiu compartilhar o destino de sua amiga, e uma vez que o consentimento de sua mãe lhe foi logo concedido, ambas as jovens foram recebidas nos braços da Santa Madre Igreja no mesmo dia e, quando o noviciado se acabou, ambas logicamente assumiram os votos e o hábito.

Quão sinceros foram aqueles votos de castidade, não compete a mim, uma humilde pulga, comentar. Sei apenas que depois que a cerimônia se acabou, as duas garotas foram convocadas reservadamente ao seminário, onde cerca de quatorze sacerdotes as aguardavam.

Mal permitindo às novas devotas o tempo necessário para se despirem de seus hábitos, os patifes, ensandecidos ante a perspectiva de iguaria tão refinada, caíram sobre elas e, um a um, satisfizeram sua libido demoníaca.

Bella recebeu mais de vinte férvidas descargas, de todas as maneiras concebíveis; e Julia, cujo assédio dificilmente teria sido menos vigoroso, acabou desmaiando da exaustão causada pelo rude tratamento por que passou.

A câmara era bem segura, nenhuma interrupção deveria ser temida, e a sensual Irmandade, reunida para homenagear as irmãs recém-admitidas, banqueteou-se no desfrute delas até que os corações de todos se fartassem.

Ambrose estava lá, pois compreendia havia muito a impossibilidade de guardar Bella para si e, além do mais, temia a animosidade de seus confrades.

Clement fazia parte da comitiva, e seu membro enorme deixou devastados os talismãs ainda adolescentes que atacou.

O superior também teve então a oportunidade de ceder aos seus gostos pervertidos. Nem mesmo a delicada e recém-deflorada Julia escapou do calvário de seu ataque. Ela teve de se submeter, e com indescritíveis e horrendas emoções de prazer, ele fez chover seu sêmen viscoso nas entranhas da menina.

Os gritos dos que gozavam, o resfolegar dos que se ocupavam do ato sensual, o chacoalhar e ranger da mobília, as conversas entrecortadas e semissupressas dos observadores, tudo tendia a magnificar a libidinosa monstruosidade da cena, e a aprofundar e tornar ainda mais revoltantes os detalhes daquele pandemônio eclesiástico.

Oprimido por essas ideias e enojado além da conta pela orgia, eu fugi. Não parei até haver interposto algumas milhas entre mim e os atores daquele odioso drama, nem tornei a me preocupar em renovar minha familiaridade com Bella ou Julia.

Que elas se tornaram um meio ordinário para a gratificação sensual dos internos do seminário, eu bem sei. Sem dúvida, a constante e vigorosa excitação sensual por que passaram tendeu muito cedo a desgastar aqueles lindos encantos juvenis que me haviam comovido. Seja como for, minha tarefa está feita, minha promessa foi cumprida, minhas memórias estão concluídas, e se está fora do alcance de uma pulga apontar uma moral, pelo menos não está além de suas habilidades escolher seus novos pastos. Tendo me fartado daqueles sobre os quais discursei, fiz como muitos que, embora não sendo pulgas, são, não obstante, como recordei meus leitores no começo de minha narrativa, sanguessugas: emigrei.

TÍTULOS PUBLICADOS

1. *Iracema*, Alencar
2. *Don Juan*, Molière
3. *Contos indianos*, Mallarmé
4. *Auto da barca do Inferno*, Gil Vicente
5. *Poemas completos de Alberto Caeiro*, Pessoa
6. *Triunfos*, Petrarca
7. *A cidade e as serras*, Eça
8. *O retrato de Dorian Gray*, Wilde
9. *A história trágica do Doutor Fausto*, Marlowe
10. *Os sofrimentos do jovem Werther*, Goethe
11. *Dos novos sistemas na arte*, Maliévitch
12. *Mensagem*, Pessoa
13. *Metamorfoses*, Ovídio
14. *Micromegas e outros contos*, Voltaire
15. *O sobrinho de Rameau*, Diderot
16. *Carta sobre a tolerância*, Locke
17. *Discursos ímpios*, Sade
18. *O príncipe*, Maquiavel
19. *Dao De Jing*, Laozi
20. *O fim do ciúme e outros contos*, Proust
21. *Pequenos poemas em prosa*, Baudelaire
22. *Fé e saber*, Hegel
23. *Joana d'Arc*, Michelet
24. *Livro dos mandamentos: 248 preceitos positivos*, Maimônides
25. *O indivíduo, a sociedade e o Estado, e outros ensaios*, Emma Goldman
26. *Eu acuso!*, Zola | *O processo do capitão Dreyfus*, Rui Barbosa
27. *Apologia de Galileu*, Campanella
28. *Sobre verdade e mentira*, Nietzsche
29. *O princípio anarquista e outros ensaios*, Kropotkin
30. *Os sovietes traídos pelos bolcheviques*, Rocker
31. *Poemas*, Byron
32. *Sonetos*, Shakespeare
33. *A vida é sonho*, Calderón
34. *Escritos revolucionários*, Malatesta
35. *Sagas*, Strindberg
36. *O mundo ou tratado da luz*, Descartes
37. *O Ateneu*, Raul Pompeia
38. *Fábula de Polifemo e Galateia e outros poemas*, Góngora
39. *A vênus das peles*, Sacher-Masoch
40. *Escritos sobre arte*, Baudelaire
41. *Cântico dos cânticos*, [Salomão]
42. *Americanismo e fordismo*, Gramsci
43. *O princípio do Estado e outros ensaios*, Bakunin
44. *O gato preto e outros contos*, Poe
45. *História da província Santa Cruz*, Gandavo

46. *Balada dos enforcados e outros poemas*, Villon
47. *Sátiras, fábulas, aforismos e profecias*, Da Vinci
48. *O cego e outros contos*, D.H. Lawrence
49. *Rashômon e outros contos*, Akutagawa
50. *História da anarquia (vol. 1)*, Max Nettlau
51. *Imitação de Cristo*, Tomás de Kempis
52. *O casamento do Céu e do Inferno*, Blake
53. *Cartas a favor da escravidão*, Alencar
54. *Utopia Brasil*, Darcy Ribeiro
55. *Flossie, a Vênus de quinze anos*, [Swinburne]
56. *Teleny, ou o reverso da medalha*, [Wilde et al.]
57. *A filosofia na era trágica dos gregos*, Nietzsche
58. *No coração das trevas*, Conrad
59. *Viagem sentimental*, Sterne
60. *Arcana Cœlestia* e *Apocalipsis revelata*, Swedenborg
61. *Saga dos Volsungos*, Anônimo do séc. XIII
62. *Um anarquista e outros contos*, Conrad
63. *A monadologia e outros textos*, Leibniz
64. *Cultura estética e liberdade*, Schiller
65. *A pele do lobo e outras peças*, Artur Azevedo
66. *Poesia basca: das origens à Guerra Civil*
67. *Poesia catalã: das origens à Guerra Civil*
68. *Poesia espanhola: das origens à Guerra Civil*
69. *Poesia galega: das origens à Guerra Civil*
70. *O chamado de Cthulhu e outros contos*, H.P. Lovecraft
71. *O pequeno Zacarias, chamado Cinábrio*, E.T.A. Hoffmann
72. *Tratados da terra e gente do Brasil*, Fernão Cardim
73. *Entre camponeses*, Malatesta
74. *O Rabi de Bacherach*, Heine
75. *Bom Crioulo*, Adolfo Caminha
76. *Um gato indiscreto e outros contos*, Saki
77. *Viagem em volta do meu quarto*, Xavier de Maistre
78. *Hawthorne e seus musgos*, Melville
79. *A metamorfose*, Kafka
80. *Ode ao Vento Oeste e outros poemas*, Shelley
81. *Oração aos moços*, Rui Barbosa
82. *Feitiço de amor e outros contos*, Ludwig Tieck
83. *O corno de si próprio e outros contos*, Sade
84. *Investigação sobre o entendimento humano*, Hume
85. *Sobre os sonhos e outros diálogos*, Borges | Osvaldo Ferrari
86. *Sobre a filosofia e outros diálogos*, Borges | Osvaldo Ferrari
87. *Sobre a amizade e outros diálogos*, Borges | Osvaldo Ferrari
88. *A voz dos botequins e outros poemas*, Verlaine
89. *Gente de Hemsö*, Strindberg
90. *Senhorita Júlia e outras peças*, Strindberg
91. *Correspondência*, Goethe | Schiller
92. *Índice das coisas notáveis*, Vieira
93. *Tratado descritivo do Brasil em 1587*, Gabriel Soares de Sousa
94. *Poemas da cabana montanhesa*, Saigyo
95. *Autobiografia de uma pulga*, [Stanislas de Rhodes]

Edição _	Bruno Costa
Coedição _	Iuri Pereira e Jorge Sallum
Capa e projeto gráfico _	Júlio Dui e Renan Costa Lima
Imagem de capa _	Pedro Matallo, sobre foto de *L'Étude Academique*, c. 1901
Programação em LaTeX _	Marcelo Freitas
Revisão _	Bruno Costa
Assistência editorial _	Bruno Oliveira e Lila Zanetti
Colofão _	Adverte-se aos curiosos que se imprimiu esta obra em nossas oficinas em 24 de fevereiro de 2010, em papel off-set 90 gramas, composta em tipologia Walbaum Monotype de corpo oito a treze e Courier de corpo sete, em GNU/Linux (Gentoo, Sabayon e Ubuntu), com os softwares livres LaTeX, DeTeX, vim, Evince, Pdftk, Aspell, svn e TRAC.